だから好きと言わせて

椎崎 夕

幻冬舎ルチル文庫

CONTENTS ✦目次✦

✦カバーデザイン＝ chiaki-k（コガモデザイン）
✦ブックデザイン＝まるか工房

イラスト・さがのひを✦

だから好きと言わせて

1

「――今の恋人とは、近々別れることになりますね」

「……は？」

唐突に告げられた言葉に、細川雅巳《ほそかわまさみ》は絶句した。

それに気づいているのかいないのか、白い布がかかったテーブルの上に並ぶ札を眺めて、対面に座る相手――占い師の恰好《かっこう》をした後輩は言う。

「以前の恋人と、似たような経緯になります。そもそもつきあうようになったきっかけもよく似ているようですし」

「え、ちょ、待っ」

辛うじて口にした制止に、相手はすっと顔を上げた。

学部とは関係のない、大学サークルでの後輩だ。「夏目《なつめ》」という苗字《みょうじ》こそ知っているが、まともに会話したことは一度もない。

にもかかわらず、後輩――夏目は訳知り顔で銀縁眼鏡《めがね》の奥の目を細めた。テーブルの上、扇状に伏せられたままのカードを一枚弾《はじ》いて裏返すと、興味なさそうに眺めて言う。

「現時点ですでに兆候は出ていると思いますが」

「……それ以前に、おれまだ何も質問してないよね」

「失礼。ですが、それが一番の気がかりなのでは？」

「あいにく、おれは生まれてこのかた彼女ナシなんだけど？」

（細川にお願い。占いのサクラ、頼んでいい？）

ふっと思い出したのは二十分ほど前、夏合宿のために借りた宿舎で雅巳にそう言ってきた先輩の顔だ。サークル幹部のうちのひとりで、何かと割を食うことが多い雅巳を気にかけてくれる。その人の頼みだからこそ、了承してここまで来た。

ちなみに場所は合宿所最寄りの集落のメインストリートだ。店舗自体が存在しないドがつく田舎《いなか》の夏祭りで、この後輩は出店の占い師にいきなり代理を頼まれたらしい。それだけでも突っ込みどころ満載なのに、即答で引き受けたというからわけがわからない。

内心大混乱に陥った雅巳に気づいてか、カードを弄《いじ》っていた夏目が軽く頷《うなず》く。

「なるほど。細川センパイには、蔑《ないがし》ろにされている自覚もないわけですね」

指先で眼鏡を押し上げながら放たれた台詞《せりふ》に、とうとう雅巳は絶句した。

「……ない」

何も思うところがなかったと、言うつもりはない。

だだっ広い食堂の片隅で息を吐きながら、雅巳は途方に暮れた。

小一時間ほど前に夕食を摂《と》った時には半分以上埋まっていた椅子も、今は掃除仕様にテーブルの上にのせてある。他に誰もいないせいか、天井から煌々《こうこう》と灯《とも》る明かりが妙に物寂しく見えていた。

雅巳が所属する映画同好会の夏合宿で、例年借りている宿舎なのだ。昨日までは他大学のサークルもいてほぼ満杯だっただけに、しんと落ちる静寂はうっすら不気味に思えた。

(食堂に置いてきたはずなんだよなあ……ないと困るし、悪いけど取ってきてくれる?)

そう言って、拝むように雅巳を見た相手——大宮浩二《おおみやこうじ》を思い出す。

身長差のせいでいつも雅巳から見上げる形になっている彼が、背を屈《かが》め首を傾《かし》げる。その仕草に弱いのだ。だからついつい頷いて、徒歩十数分の宿舎まで引き返してきてしまった。

「ここにない、ってことは部屋かな。そうなると、鍵って——」

「あれ? 細川くん、さっきお祭りに行ったんじゃなかったっけ」

不意打ちの声に振り返って、雅巳はぴんっと背すじを伸ばす。

「あ、……いえ。ちょっと忘れ物が、あって。先輩こそ、まだ出かけてなかったんです?」

半開きになっていた食堂入り口の引き戸から、同じサークルの先輩が顔を覗《のぞ》かせていた。

とはいえ今年度になってサークル加入した新顔で、まともに会話したのは昨日の夕食当番が初めてになる。

「あたしは別口でお出かけの予定だから。ねえ、でもここに忘れ物はないんじゃない？　片付けて出る前に当番全員で確認したでしょ」

「その、先輩、青いスマホ見てないですか？　ここじゃなくて、どこか別の場所かもしれないんですけど」

「何で青なの。細川くんのってシルバーだよね？　機種も色もあたしとお揃《そろ》い」

今日の夕食当番で、偶然発覚し盛り上がった内容を持ち出された。じーっと見つめる視線に押されて、雅巳はそろりと言う。

「いや、その……おれじゃなくて、浩二――大宮が、食堂に置き忘れたって言ってて」

「何で細川くんが大宮くんのスマホ探してるの。本人はどこ？」

「あー……どこっていうか、先に祭りに」

「はあ⁉　何それ、またいいように使われてるの⁉」

風船が弾けたような勢いで言われて、少々気圧《けお》された。それでも、雅巳はどうにか笑ってみせる。

「別に、それほどのことじゃあ……ちょっと頼まれただけで」

「それ、頼むって言わないでしょ。一緒に戻って探すんだったらともかく、何で細川くんが大宮くんの忘れ物探しにひとりで戻ってこなきゃならないの！」

やや童顔の可愛《かわい》らしい顔を憤慨に染めた先輩に詰め寄られて、思わず後じさっていた。その時、彼女の背後のもっと高い位置に、よく知った顔がひょいと出てくる。

「おいこらミナ、何騒いで……って細川？　どうした？　おまえだいぶ前に大宮たちと一緒に出たよな？」

「は、あ」

「それがねえ、ハヤトくん聞いてよっ」

キッとなった先輩――ミナが、もうひとりの先輩、つまりハヤトに噛《か》みつく。わずかに仰《の》け反った彼に懇々と状況説明する様子を眺めながら、どうしたものかと本気で困った。そのタイミングで、ジーンズのポケットから聞き慣れた着信音が響く。シルバーのスマートフォンに届いていたメッセージを見るなり、ため息が出そうになった。

大宮の、スマートフォンからだ。「見つかった、リコ先輩が持ってた」とだけある。

「けどほら、細川と大宮って親友だろ？　そのへんはお互いさまってか、いろいろあるんじゃあ」

「親友なら何を押しつけてもいいの？　今日の夕飯の当番だって本来は大宮くんだったのにっ」

「……それ言うとなあ。オレも今回はミナに代理頼んだし」

ぽそりと落ちた声に目を上げると、ハヤト先輩がお手上げポーズで半開きの引き戸に張り付いていた。それへ、ミナ先輩が気炎を上げる。

「あたしが引き受けたのはハヤトくんの分だけで、だから二回で終わりでしょ。けど細川くんはほとんど毎回当番に出てるの！　それってどうなの？」

「そりゃないだろ。そのへんはグループ毎《ごと》に割り振って当番表も作ったよな？」

「大宮グループの人のほとんどが、細川くんに代理押しつけてるんだってば！　目に付かない奥で作業してるから気づかないだけっ」

言い切るミナ先輩が何故《なぜ》知っているかと言えば、初参加の合宿に興味津々でしょっちゅう厨房《ちゅうぼう》を覗きに来たからだ。今日の当番の時、スマートフォンの話からの流れで、「何で毎回当番してるの」と直球で訊《き》かれた。

雅巳は昔から嘘《うそ》が苦手だ。なのでさりげなく話を逸《そ》らそうとしたが、呆気《あっけ》なく見破られ追及されてしまった。

一方、ハヤト先輩は不快そうに顔を顰《しか》めた。ぐりっと首を回したかと思うと、真っ向から雅巳を見る。

「今の話、マジか。もしかして去年もか？」

「別に、押しつけられたわけじゃないですよ。その、浩二も含めて全員料理なんかできないって言うし。それに去年の夏合宿ではそんなに」

「何が料理できない、よ。リコちゃんなんて、しょっちゅう自慢げに手作りお菓子ばらまいてるくせにーっ」

顰めっ面で言うミナ先輩は、どうやら件《くだん》の人物——リコ先輩に対し、個人的に思うところがあるらしい。何となく察して、それでも雅巳は口を開く。

「お菓子しか作れないみたいですよ。包丁なんか持ったことないって」

「いや待て。ミナはちょっと黙って。——去年の夏合宿では、ってことは冬合宿の時点で似たような状況だったとか？」

「あ」

思わず自分の口に蓋をした雅巳を眺め下ろしたハヤト先輩が、さらに眉を寄せる。そこに、耳慣れない電子音がした。「悪い、ちょっと」と断った彼がスマートフォンを手に離れたのを見送る猶予もなく、真正面に立ったミナ先輩にじっと見上げられる。

「料理ができないとか、言い訳にならないでしょ。ハヤトくんなんて唯一の得意料理がカップ麺だけど、去年一昨年はちゃんと食事当番に出て、自分にできることをやってたっていうし。百歩譲って代理引き受けるにしても、親友、の大宮くんの分だけで十分じゃない？」

「はあ……それもわかるんですけど。何か、気がついたらそんな流れになってるというか。どうせ合宿も明日で終わりだし、だったら今言い出しても面倒の元になるような気がしますし。でも、ありがとうございます。気にかけてもらって嬉《うれ》しいです」

毎度のことすぎてもはや腹も立たないというのが本音だが、ミナ先輩のように気にかけてくれる人がいるのはありがたい。なので素直に礼を言うと、怒った顔をしていた彼女は何とも言えない複雑な表情に変わった。

「細川くんがそうだから大宮くんたちが図《ず》に乗るんだってば。……とか言っても、あのメンバーだとねえ」

濁した語尾を察して、雅巳は首を竦《すく》める。それへ、ミナ先輩は思い出したように訊いてきた。

「スマホの件、大宮くんに心当たり訊いてみたら？　どうせリコちゃんたちと一緒でしょ」

「あー……それならさっき、見つかったたって連絡が」

「はあ⁉　何それどういうことっ？」

沈静化していたはずが、いきなり逆ギレされた。先ほど以上の勢いに思わず仰け反ったところで、再びハヤト先輩が顔を出す。「まあ待て」とミナ先輩の頭を押さえた。

「ひとまず冬合宿での細川の当番は免除な。代理に大宮を突っ込んで、他のメンバーには見張りをつける。今回のことは早々に部長に報告と進言を上げておく。それでどうだ」

「卒業まで免除が妥当だと思うんだけどっ。それか、細川くんが別のグループに入るとかっ」

「そこも含めて検討するし、大宮にも注意は入れておく。……細川の希望次第では今日明日にどうにかするけど？」

会話内容の意外さに、つい固まっていた。語尾の呼びかけでようやく我に返って、雅巳は慌てて言う。

「え、いや、別にそこまでしなくても」

「却下。いくら何でも放置は無理。親友にしたって細川は大宮に甘すぎだし、大宮は細川に頼りすぎ。そういや大宮グループって、部費の徴収も毎回細川だよな？　月会費や合宿費の納入も遅れ気味だし、今回の出席人数もなかなか定まらなかっただろ」

そこも要チェックな気がするんだけど、と続けるハヤト先輩は、このサークルの会計担当だ。この夏合宿の費用納入も、遅れに遅れたのは記憶に新しい。

「う、……すみません」

「いや、それ細川のせいじゃないし。――まあいいや、とりあえず用件が終わったんなら祭り行ってきたら？　ひとりでここに残っても面白くないだろ」

「そう、ですね」

去年もそうだったが、すぐ近くで祭りがあるのにわざわざ宿舎に残る者はまずいない。というより、夕食が妙に早いのは祭りへの参加が視野に入っているためだ。

「そんで、オレから細川にお願い。占いのサクラ、頼んでいい？」

「はい？」

予想外の言葉に、つい瞬《しばたた》いていた。同じように感じたのか、ミナ先輩が不思議そうに首を傾げている。

「神社の入り口にでっかい銀杏《いちょう》の木があるだろ。そこに例年、占いの出店があるんだよ。よく当たるとか言って毎年うちの部の女子が殺到するんだけど、覚えてない？」

「えーと……すみません、おれ、そういうのに興味なくて」

記憶のなさに首を傾げると、ハヤト先輩は「あれ」と怪訝《けげん》そうにした。

「そうなんだ？　あそこの占いのお姉さんがちょい年上だけど色っぽいって、占いに興味ない野郎どもにもかなり人気……」

「――ハヤトくんも行ったんだ？」

ふいに割って入った声の氷のような響きに、慌てたようにハヤト先輩は首を横に振った。

「オレは話で聞いただけ。そのお姉さんだけど、今年は急用ができたとかで夏目が代理になったらしい」

「えっ？」

「は？」

ほぼ同時の疑問符に、何となくミナ先輩と目が合った。気を取り直したように、ミナ先輩がハヤト先輩を見る。

「夏目くんて、一年で眼鏡の愛想ナシのインテリくんだよね。何で？　その占い師さんと知り合いだったとか？」

「それが初対面でいきなり頼まれたらしい。で、さっき連絡があってさ。引き受けて席についたはいいが遠巻きにされるばかりなんで、できればサクラを頼みたいって。けどオレ、これからミナと出かける予定で」

勝手言って悪いけど、と両手を合わせて拝むようにされて、雅巳は慌てて頷く。

「そのくらいなら構いません、けど。あ、じゃあさっきの連絡って、夏目から……？」

「オレが会計だから連絡先知ってただけで、他に頼むアテがなかったらしい。けど、何なんだろうな？　場所や道具類も貸すし売り上げは全部持ってっていいって言われたとか」

「初対面で、ですか。……意味、わからないんですけど」

話題の夏目は、今年度の新入生だ。サークル勧誘に応じて入ってきたが特定のグループに所属しておらず、集まりに出てきてもろくに口を開かない。雅巳との接点は一昨日の食事当番が一緒だった程度で、それも持ち場が違ったためまだ一度も口を利いたことがない。交友関係が広く人懐こい大宮からは、「よくわからない変なヤツ」と聞かされている。

「何でうちの部に入ってきたかも不明ってヤツだからなあ……映画に詳しい割にさほど好きって雰囲気でもなし、鑑賞会やっても感想のひとつも言わず周りの話を聞いてるだけだし。そのくせ活動には皆勤で合宿まで参加とか」

ため息をつくハヤト先輩にとっても、あの一年の存在は不可解なのだろう。短く息を吐いたかと思うと、気を取り直したように言った。

「まあ、根は悪いヤツじゃないと思うけどさ。あ、それとサクラはもちろん無料でって話なんで、もし請求されたら必ずオレに言うこと」

「……はあ」

「この際、恋愛運でも視《み》てもらったらどうよ。おまえに彼女ができれば、大宮も少しは細川頼りじゃなくなるだろ」

「おれが、浩二——大宮頼りなのではなく？」

周囲から再三揶揄《やゆ》されているのは、そっちの方だ。つい問い返すと、ハヤト先輩は即座に「うん、逆」と頷いてみせる。

怪訝な気がしたものの追及はせずに、雅巳は目の前の先輩カップルに向き直る。

「すみません、お騒がせした上に余計な時間を取らせました。じゃあおれ、行ってきますね」

「おう。謝らなくていいぞ、細川のせいじゃなし」

「あたし、今夜中に絶対、大宮くんに文句言っとくからねっ」

鼻息荒く宣言したミナ先輩に「いやそこまでは」と固辞して、雅巳は急ぎ足で宿舎を出る。

引き返してきた時にはまだ明るい青一色だった空は、いつのまにか西から広がる夕焼けのグラデーションに染まっていた。小高い場所にある合宿所から坂を下りながら、目に入るのは濃い緑の山々とその合間に広がる田圃《たんぼ》だ。

サークルで使うこの合宿所は、山間《やまあい》の集落のやや外れに位置している。大学がある町からは新幹線から在来線に乗り換え、さらにローカル線を数時間走った先の駅からバスに乗り継いで四十分ほどの土地だ。そのバスも日に数本しかないため、サークルの行き帰り用はレンタルしたと聞いている。

最寄りの「店」と言えばローカル線駅前の個人商店になるこの集落では、山間を縫って走る道路沿いにぽつぽつと家々が建っている。地名は「町」だというが、雅巳のイメージからすると「村」に近い。

その道路沿いに、今日はみっしりと出店が並んでいた。即席の屋根の軒先に下がる明かりや、電柱と納屋らしい建物と家々に渡して吊《つる》された提灯《ちょうちん》のおかげで夕闇のはずがすっかり明るい。そこかしこからかかる呼び込みの声に、香ばしく美味《おい》しそうな匂いが入り交じる。

その中を、家族連れに浴衣《ゆかた》姿のカップルに未成年グループがぞろぞろと歩いている。

集落の規模ではあり得ない盛大さは、この地域で一番なのだそうだ。周辺はもちろん、わざわざ電車とバスを乗り継いでまでやってくる者もあると聞いている。

「神社入り口の、銀杏の木……」

人波を縫って進むうち、右手に大きな鳥居が見えてきた。さらに数メートル進んだ先で見るからに立派な銀杏の木と、その前に陣取った白地に赤い「占」の文字が目に入る。

出店と呼ぶにもシンプルすぎるそれは、デスクに白い布を被せただけで屋根どころか看板すらない。もっとも、何の店なのかはデスクにつく人物の黒装束と前面に垂れた布の「占」だけで一目瞭然だ。

問題は――その黒装束が、手にした水晶玉をためつ眇《すが》めつしていることか。興味津々に光に透かす仕草をしたかと思えば近く表面を覗き込み、指先で撫《な》でては首を傾げている。

「サクラって……それ以前の問題じゃあ」

一応の体裁が整っていても、行動は新しい玩具《おもちゃ》を手にした子どもそのものだ。やや遠巻きに気にしている者はそこかしこにいるのに、その全員が様子を窺《うかが》っているふしがある。

本当にやる気があるのかと思った時、その黒装束——夏目が顔を上げた。狙い澄ましていたように視線がぶつかって、無意識に肩が揺れる。

覚悟を決め、早足に近づいた。その間も、向かいの椅子を引いた雅巳が腰を下ろしても無言のままだ。さすがに呆《あき》れた雅巳が「あの」と言いかけたのを、封じるように口を開く。

「——今の恋人とは、近々別れることになりますね」

「……っ、何なんだよアレ、いきなり」

吐き捨てるように言って、雅巳はずんずんと足を進めた。それでも少々気になって、ちらりと背後を振り返ってみる。

人波の隙間から覗く銀杏の木の傍《そば》に、赤字の「占」は見えない。どうやら客が来たらしい。

……つまり、サクラの役は果たせたわけだ。

ほっとすると同時に、つい顔を顰めていた。

（——細川センパイには、蔑ろにされている自覚もないわけですね）

聞いた瞬間に、思わず席を立ってしまったのだ。椅子を蹴《け》りつける勢いだったのに、黒装束の夏目は表情ひとつ変えなかった。

（もうよろしいんですか？　詳しい内容をお話ししていませんが）

（いらない。料金は？）

（結構ですよ。センパイ、サクラでしょ？）

淡々と事務的な言い草に、あそこまでむかついたのは初めてだ。なので返事もせずに、雅巳はその場を後にした。

そもそも占いなんて、信じるようなものじゃない。——というのが、雅巳の信条だ。理由は占いフリークだった実姉である。

三年前に結婚した姉はテレビでやる占いや雑誌巻末にあるアレに飽き足らず、ことあるごとにお気に入りの「占い師」とやらに日参していた。それを毎度のように聞かされ続けてきた身としては、「自分のことくらい自分で決めればいいのに」「もっともらしい内容だけどそれ誰にでも当てはまるんじゃあ」としか思わない。

何を信じようが個人の自由だし、姉の趣味を否定する気もない。占い全部が出鱈目《でたらめ》だというつもりもない。サクラだって引き受けた以上はそれなりの心づもりをしていた、のだが。

「訊いてもないのにいきなり占うとかいくらサクラでも……って、おれサクラだって言った

たい焼き
占

っけ？　や、それ以前にあいつ、おれの名前知ってたんだ？」

自慢にもならないが、雅巳はサークル内では影が薄い。参加二度目のこの夏合宿でも、一部の先輩から「これ誰だっけ」「大宮の子分？」「いや連れだろ」との会話を目の前で聞かされた。

「あー、でもハヤト先輩が連絡したのかも……あの人律儀だし」

息を吐きながら、思い出したのは先ほどの夏目の台詞《せりふ》だ。

（近々別れることになりますね）

実を言えば、雅巳にはちゃんと恋人がいる。秘匿しているのは恋人がそれを望んでいるからで、だからそこから漏れるわけがない。

「当てずっぽう、だよな。だって代理だし、素人なんだし」

思考を振り切るように頭を振って、雅巳は周囲を見回した。

「浩二、どこにいんだろ……」

賑《にぎ》やかなBGMに紛れて、人声が溢《あふ》れている。出店の前の人だかりから、お面を被った子どもが駆け出してくる。地面に落ちた綿飴《わたあめ》を前に、中学生らしい面々が項垂《うなだ》れている。その中を縫うようにして、見知った顔を探した。

「親友」の大宮は雅巳とは違って友人が多く、いつも人に囲まれている。なので目につきやすく、はぐれても合流は比較的簡単なはず、なのだが。

「あれ、細川ひとり？　大宮は？」

そろそろ出店が途切れるあたりで、知った顔に出くわした。同学年同学部で、複数の講義が重なっている友人寄りの知人だ。隣では顔と名前だけは知っている彼の友人が、山盛りのかき氷に夢中になっている。

「今、探してるんだけど、どこかで見なかったか？」

「さあ」と首を傾げた彼の代わりのように、かき氷の彼が「あ、見た」とプラスチックスプーンごと手を上げた。

「リコ先輩と腕組んで歩いてたな。あっちの方、ここまで出くわしてないんだったら神社に上がってるんじゃね？」

「そっか、ありがとう」

スプーンが指したのは、雅巳が来た方角だ。そういえば勢いのまま、神社の前を突っ切ってきてしまっている。

礼を言い、すぐさま引き返した。あえて夏目がいるあたりを見ないようにして、雅巳は長い階段を登っていく。ようやく上がりきった先の境内にも探し人の姿はなく、雅巳はポケットからスマートフォンを引っ張り出した。

「こっちから連絡した方がいい、のか……？」

悩みながら、人気《ひとけ》のない端に立ってコールした。けれど待っても出る気配はなく、留守番電話にも繋《つな》がらない。

待ち合わせ場所くらい決めておくんだったと後悔しながら、それでも参拝はきちんとすませた。人だかりのする社務所が気にはなったものの、合流が先と階段に引き返す。そこで横合いから「あ、従者くんだ」という声がした。反射的に目をやると、門から少し外れた場所で見知った女の子が三人固まっている。

「あ、れ……浩二、は？」

リコ先輩と一緒に、大宮グループに入った面々だ。雅巳がひとり宿舎に引き返す前には、大宮やリコ先輩と一緒にいたはずだった。

「大宮？　ああ、彼ねえ」

「え、言っちゃうの？　まだ早くない？」

「けど困るんでしょ、従者くんとしては」

「だからそれ、本人に言っちゃ駄目だってばー。大宮も言ってるじゃない、親友だって」

「それ、従者くんの自称じゃない？　大宮って優しいし、あえて反論してないとかー」

声を落としたつもりなのか、聞かれても構わないと思っているのか。考えるまでもなく、答えは後者だ。証拠に、三人揃って揶揄めいた笑みを浮かべている。

「大宮だったら抜けたわよ。もうこのへんにはいないんじゃない？」

「抜け、た……って、それ、どういう」

「お祭りよりも、ふたりきりで話したいから場所を変えるって」

「探しても無駄だと思うよー。潔く諦めたら？」

畳みかけるように言われて、雅巳は辛うじて声を上げる。

「場所を変えるって、どこに」

「知らない。電話かメールでもしてみたら？　出てくれるかどうかはわからないけどねえ」

「やだーそれ鬱陶しくない？　何かストーカーちっく」

「心配ないわよ。ひとりじゃないんだし、たぶん門限には宿舎に帰ってくるでしょ」

――つまり、リコ先輩とふたりで別の場所に行った、ということか。

出そうになった溜め息を辛うじて引っ込めて、雅巳はどうにか笑みを作る。

「わかりました。わざわざありがとうございます」

「どういたしましてー。じゃあねえ」

「っていうかさあ、どう考えてもお邪魔虫なのに気づかないってどうなの？」

「そんなこと言わないのー。いてくれて助かるってリコも言ってたでしょ」

「それ、便利の間違いだから」

言い合う三人の姿が、門の向こうに消えるまでを見送った。

すぐ後をついて下りる気になれず、雅巳は目についた木の幹に寄りかかる。見上げた夜空の星は昨夜見たより少なく思えて、首を傾げた後で周囲が明るいせいかと思い至った。

息を吐いて、スマートフォンのＳＮＳを表示する。大宮あてに「今どこ？　こっちは神社だけど」と送ってみた。予想通り、数分待ってみても既読がつく気配はない。

大宮にすっぽかされるのも、置き去りにされるのにも慣れている。気がよくて人懐こい大宮は常に人に囲まれているし、頼まれ事や相談を持ちかけられることも多い。そのたび親身に入れ込んだあげく雅巳との約束や決め事を失念したり、後回しにしたりする。

だからといって、文句が言えるわけもない。表向き、雅巳は大宮の「親友」でしかない。

……実際はつきあって一年以上になる恋人同士、でも。誰も知らないのだから、どうにもならない。

（ひとりじゃないんだし、たぶん門限には宿舎に帰ってくるでしょ）

リコ先輩が、数か月前からストーカーに悩まされていることは大宮から聞いている。相談を持ちかけられた彼が「心配だし放っておくわけにはいかない」と言っているのも、頻繁にふたりで会っているのも知っている。

「ものには限度ってもんがある、んじゃないかなあ……」

ぽそりとこぼれた台詞は、雅巳の本心だ。そんなふうに感じる自分に、嫌悪を覚えた。

2

結局、門限を過ぎても大宮は宿舎に帰ってこなかった。

代わりとばかりに、定刻三分前に雅巳のスマートフォンにメッセージが来た。どうにも帰れそうにないから部長に断っておいてほしい、という。

仕方なく部長たちの部屋を訪ねて伝言を口にすると、先輩たちは一様に顔を顰めた。

（大宮と、リコちゃんも一緒か。どうなってんだ）

（タクシー呼べばいいだろうに）

（それだと金かかるからだろ。確か、タクシーって駅前にしかいなかったはずだ）

（あー、細川は気にしなくていいぞ。伝言は受け取ったから、部屋に帰って休んでろ）

言い合う先輩たちを前に困惑していた雅巳に、取りなしてくれたのはハヤト先輩だ。続いて部長からも、「細川もたまには怒れ。抗議しろ」と追い打ちをかけられた。

部屋に引き上げ、どうせすることもなしと早々に寝た。翌朝早くに目を覚まし、最後の食事当番に出向く。準備を終え厨房を出た雅巳が朝食の席についた時には、今しがた戻ってきたらしい大宮とリコ先輩が食堂の片隅で部長たちに取り囲まれて説教を食らっていた。大宮は神妙な顔で拝聴しているが、リコ先輩は不満顔で大宮の腕にしがみついている。

邪魔しないよう隅っこの席について、ひとまず無事戻ったことに安堵《あんど》する。そのタイミングで「雅巳」と声がした。見れば、腕にリコ先輩を絡みつかせた大宮が大股《おおまた》に近づいてくる。説教だか注意だかは終わったようだが、見送る部長たちの顔はまだ微妙だ。それに気づく様子もなく、大宮はテーブルの向かいに手をつく。満面の笑みを浮かべ見る様子は、ぴんと耳を立てた大型犬のようだ。

「雅巳ただいまー。腹減ったあああ」

「お帰り。あと、おはよう。朝食、取ってきたら？」

「オレもう疲れた、悪いけど頼んでいい？」

ここでの食事は指定時間内に、やってきた者がそれぞれ準備された皿を取り盛り付けをして席につく方式だ。なので、テーブルの上には雅巳の朝食しかない。

「自分で行けば。おれ、食事中だし」

「冷たいこと言うなよー。オレと雅巳の仲だろ？　な？　頼むって」

べったりテーブルに顎をつけ、上目に見上げてくる。その表情も、餌を待つ大型犬そのものだ。そして雅巳はこの男の「お願い」にとても弱い。

「……ひとつ貸しだからな」

ため息交じりに腰を上げるなり、「ついでにあたしのもね」と声が飛ぶ。当然のように大宮の隣に陣取ったリコ先輩だ。

「おなか空《す》いたー。あのホテルって、ろくな食べ物なかったもんね。まともなお店もないし」

「こうも田舎だとしょうがないですよ。むしろ泊まる場所があったのが幸運というか」

「確かにそうかもー」

華やかな笑みは大宮だけに向けられていて、一度も雅巳を見ない。露骨な態度につい眉を顰《ひそ》めていると、今度は大宮から声がかかった。

「ごめんリコ先輩のも頼んでいい？　昨夜さんざん歩いてさあ、ふたりとも疲れてんだよ」

「……わかった」

こぼれた溜め息を聞きつけてか、リコ先輩が初めてこちらに目を向けてくる。咎《とが》めるように鋭いそれを、あえて無視して背を向けた。二人分の朝食トレイを手に席に戻ると、大宮とリコ先輩が肩を寄せ合って内緒話真っ最中だ。

高校時代にバスケットボールをやっていたという大宮は、サークル内でも三指に入るほど大柄だ。座っていても、肩幅の広さや伸びやかな腕が目につく。少し浅黒い肌とやや荒削りな顔立ちが相俟《あいま》って、「爽やかなスポーツマン」というイメージそのものを体現している。

やや天然がかった茶髪が無造作へアーになっているのは、雅巳の薦めだ。絶対似合うと思ったから、初回には美容院代こちら持ちで少し強引に行かせてみた。結果、本人も気に入ったとかでずっと同じ店に通っている。

そろそろ次回予約した方がよさそうだと思いつつ、どうにも気になるのはべったりと大宮にくっつくリコ先輩だ。学年がひとつ上の彼女は朝帰りにもかかわらずきれいな巻き髪を作り、ばっちり化粧した顔に笑みを浮かべている。

（大宮くんがいるからこのサークルに入ったんだもん、グループに入れてくれるよね？）

去年の秋の入部希望の際にそう言い放った彼女にとって、この夏合宿は初参加だ。それを理由に、初日から大宮にくっついて離れない。

合宿といったところで、所詮はサークル活動だ。しかも名分は「映画鑑賞を通じて知見と見解を深める」という曖昧なもので、内容も映画鑑賞と親睦でしかない。合宿も含め「隠れた名作」を発掘・上映するため人数が多く活動も活発だが、昨夜のように祭りへの参加も考慮されるくらいには緩い。

——言い方はアレだが、出逢いを求めてとか合コン気分の部員も珍しくはない、わけだ。

わざとふたりの間に割り込んでトレイを置くと、振り返ったリコ先輩に睨《にら》まれた。一方、大宮はのほほんとトレイを受け取っていて、妙に疲れた気分になる。

とりあえず、退散した方がよさそうだ。自席に戻ったものの椅子を引かず、食べかけのトレイを持ち上げ——ようとしたら、目敏《めざと》く気づいた大宮に阻止された。

「ちょ、おまえ何やってんの。まだ途中だろ」

「邪魔みたいだし、席を外すよ」

「そうね、その方がよさそう」

「いや待てって、わざわざ動かなくてもここでいいだろー?」

つんとしたリコ先輩とは対照的に、大宮は少々情けない顔だ。そして、雅巳はこの男のこういう顔にも弱い。仕方なく席に戻ると、食事を再開した早々に愚痴られた。

「事前にちゃんと帰れないって届け出たのに、部長たちも細かいよなあ。あと、雅巳も冷たくない？　助け船期待したのにさあ」

「……あの状況でどう助けろって？」

「そもそも細川くん、ちゃんと伝えてないでしょ。ペナルティつくし怒られるしでさんざんだったもの、絶対変な言い方したわよね」

呆れ交じりに大宮に言ったら、今度はリコ先輩から疑り深く言われた。なので、それには即答で否定しておく。

「浩二のメッセージをそのまま見せましたけど？」

「口では何とでも言えるわよね」

「だったら部長に確認したらどうです？　それと、次回はリコ先輩が直接部長に連絡されたらいいんじゃないですか？　無駄に人を疑わずにすみますし、一石二鳥ですよね。あとペナルティについては、おれは関知してないです」

「なっ」

「まあまあ、リコ先輩も落ち着いてくださいよ。すみません、オレが気が利かなくて」

眦《まなじり》を吊《つ》り上げたリコ先輩を、隣の大宮が慌てたように宥《なだ》める。とたん、リコ先輩は甘ったるい顔で大宮を見上げた。

「大宮くんは悪くないでしょ。あたしを気にかけて、相談に乗ってくれただけだもん。ごめんね、まさかあんなことになるとは思ってなくて」

言いながら、横目で雅巳を見ているのがとても厭《いや》な感じだ。なので早々に器を空にして、一足先に席を立つことにした。

「え。雅巳、もう終わったのか。ちょ、待てって。オレもじき終わるから」

「いや、おれ当番だから。これから片付けあるし」

追いかけてくる声を無視して、とっとと厨房に引き上げた。下膳用の棚に既に出ていた使用済みの食器を洗っていく。

厨房と食堂の掃除まで終わらせ他の当番たちと連れだってそれぞれの部屋に引き上げる頃には、出発のバスが出るまで残り小一時間になっていた。気の早い者は荷物を抱えて移動を始めていて、だったら自分もそうしようかと思う。

三泊した部屋の引き戸に手をかけたとたん、「雅巳」と背後から声がかかった。振り返って、雅巳は意外さに瞬く。

「……いたんだ？」

「いるって。オレもこの部屋じゃん」

肩を竦めた大宮が、身体《からだ》で押すように雅巳を室内に押し込む。足を踏み入れた先はきちんと片付いていて、すみに雅巳のリュックサックと大宮のボストンバッグがあるきりだ。どうやら他の面々はここを引き上げたらしい。

「あー……雅巳だあ、いい匂いがするー」

声とともに、背後から抱き込まれる。腰に回った腕に抗《あらが》わずにいると、今度は右肩に重みが載ってきた。耳元に擦り寄ってきた気配と体温は、よく知った――恋人のものだ。

「匂いって、おれは芳香剤じゃないんだけど」

「知ってる。前から言ってんじゃん、オレ雅巳の匂いが一番好きなんだって」

「……それ余所《よそ》で言うなよ。思いっきり引かれるぞ」

忠告を、聞いているのかどうか。しきりに鼻を鳴らしながらぐりぐりと頬《ほお》に擦り寄ってくる大宮は、やっぱり大型犬のようだ。もはや慣れたとはいえ「それはどうなんだ」と思うのに変わりはなく、雅巳は短く息を吐く。

「雅巳。まだ怒ってる……?」

「怒らせるようなことをした、自覚があるんだ?」

わざとそう言い返すと、大宮は「う」と言葉に詰まった。

「ごめん、その……リコ先輩から、どうしてもって言われてさ。合宿中は安心できたけど、その分明日――今日帰ってからが不安で、怖くて仕方がないから相談に乗ってほしいって」

「……だとしても、わざわざ外泊する必要があったか?」

「オレは！　ちょっと抜けるだけのつもりだったんだ、それで雅巳と合流しようって」

「けど、相談に乗ったらいっぱいいっぱいになったんだよな。だからおれが電話したのに気づかなかったし、連絡するのも忘れた」

「——う、ごめん……」

ぐりぐりと首に顔を押しつけてくる気配で、何となく察する。きっと今、この男の顔はへたれた大型犬そのものになっているに違いない。ややあって、ひどく遠慮がちに言ってきた。

「その、どうしても許せない、かな。どう、すればいい……？」

「……別に、怒ってない」

顔を上げひょいと覗き込んできた恋人に、首を回して目を合わせてやる。

他人から持ちかけられた相談を無碍《むげ》にできないのも、中途半端に投げ出せないのも大宮の性分だ。そのくらい、一年以上もつきあっていれば厭というほどわかっていた。

「一応訊く。やましいことはないんだよな？」

「あ、るわけないじゃん！　ホテルったってもちろん部屋は別だしさ」

「だったらいい。突っ走ったリコ先輩とか、先輩三人がかりでも止められないって言うし、そんなん怒っても仕方ないだろ」

「よかったー。やっぱり雅巳だ。ちゃんとわかってくれてるっ。そういうとこが好きなんだ」

「そういう、手軽な好きは却下」

「いやちょっと待て、手軽じゃないってっ」

すっと胸を押し返すと、正面から抱き込まれた。身長差のせいで目の前になった大宮の、

耳のあたりに顔を押しつけられる恰好になる。すぐ近くで、振動のように低い声がした。

「いつも言ってるだろ、オレが好きで大事なのは雅巳だけだって」

「……口ではどうとでも言えるよな」

「雅巳にしか言わないし、言ってない。言う気もない」

声とともに、今度は顔を覗き込まれた。伸びてきた指が、ひどく優しく雅巳の右の眦を撫でる。思わず肩を跳ね上げたのと前後して、今度は額同士をぶつけるようにされた。

「それもどこまでほんと、……――」

続くはずの声は、そのままキスに飲み込まれる。眦を撫でていた指がするりと動いて、耳朶《たぶ》を擽《くすぐ》り後ろ首を摑んだ。直後、角度を変えたキスに歯列の奥をまさぐられる。

久しぶりのキスに、綻《ほころ》ぶように身体から力が抜ける。無意識に動いた指で、大宮のシャツの背中を摑《つか》む。昨夜から着替えていないせいか汗のにおいがして、それを妙に懐かしく感じた。

「――なあ。オレ、雅巳の八宝菜が食べたいんだけど」

吐息が離れた直後、首を傾げた大宮が言う。器用にも上目に見下ろす仕草をされて、つい苦笑がこぼれていた。

「いいけど、先に買い物しないと。浩二んとこの冷蔵庫、ほとんど空だろ」

「荷物持ちは引き受けるし、昨夜の埋め合わせもする。明日のバイト、夕方からだろ？　それまで一緒にいようぜ」

「……うん」

満面の笑みで言われて、気持ちがふわっと柔らかくなるのが自分でもわかった。我ながらちょろいと自覚しながら、雅巳は小さく笑ってみせた。


「有言実行」という言葉は、もとからあるものではなかったらしい。

「不言実行」をもじって言われ始めたのだそうだ。ちなみに意味は文字通りなのだという。

「ちゃんと実行してくれるだけで十分ありがたい、ってことだよな……」

馴染《なじ》みのスーパーでひとりカートを引きながら、雅巳は小さく息を吐く。

合宿先から最寄り駅に着いたのが、小一時間ほど前のことだ。乗り換えを含んだ旅はそれなりに長く、合宿疲れもあってか居眠りをする部員も多かった。雅巳自身も疲労を覚えて、だから大宮リクエストの八宝菜も状況次第で日延べさせてもらおうかと思っていた、のだが。

（オレ、雅巳の八宝菜以外は食べたくないからっ）

繰り返すが、雅巳は大宮のおねだりに弱いのだ。相手が有言不実行であっても——それがどれほど不本意な状況でも、ついつい叶《かな》えたくなってしまう。

乗り換えた新幹線内でリコ先輩に引っ張られた大宮が離れていった時点で、うっすら予感はしていた。そうした感覚は得てしして当たってしまうもので、大学最寄り駅のコンコースで解散した直後、近づいてきた大宮の右腕には当然のようにリコ先輩がぶら下がっていた。

（ごめん！　その、リコ先輩がどうしてもひとりで帰るのは無理だって言ってて。けどその、昼は食べに帰るから！　約束通り八宝菜なっ）

言いたいことは山盛りにあったが、この場での雅巳は大宮の「親友」だ。結果、雅巳は大宮の荷物まで引き受けて帰宅し、こうしてひとりで買い物に来ることになった。

「八宝菜、と、後は何だっけ」

献立を考えながら、選んだ品をカゴに入れていく。会計の後に詰めた荷物はかなりの大きさで、自転車で持ち帰るには少々厳しい。結局は荷台と前カゴに詰め込んだ買い物を崩さないよう、自転車を押して帰宅する羽目になった。行き先は大宮のアパートだ。

料理がからっきしなくせに味に煩《うるさ》い恋人からの要望で、雅巳はほぼ毎日の食事を彼の家で作っている。本格的にそう決めた翌日には大宮のアパートに二人掛けのテーブルセットが届き、さらに三日後には二人分の食器セットを渡された。

（せっかくだし、お揃いにしてみた）

照れ笑いで言った恋人は、あれで案外乙女だ。むしろ雅巳の方が大雑把かもしれない。

預かった合鍵で部屋に入り、買ったものを冷蔵庫に詰めていく。一段落してみれば時刻はとうに十三時を回っていて、すぐさま料理の準備にかかった。およその下ごしらえをすませた後は、買った肉や魚、それに野菜をすぐ使えるよう下準備していった。

——なのに、時計の短針が水平になっても、斜め四十五度になっても恋人は帰ってこない。スマートフォンへの着信も、ない。

「連絡、は……しても無駄、かな」

誰かの相談事に乗っている時に連絡されるのを、大宮はとても嫌う。相手に対して失礼だと言う。雅巳だってそんなことはされたくないだろうと言われたら否定はできなくて、だからこういう時はひたすら待つしかない。

いつものことだし、慣れてもいるのだ。大宮が周囲から好かれ、頼りにされている証拠でもある。それを自慢に思っているのも事実だ。

……でも。だからといって、まったく平気なわけでも、ない。

(すでに兆候は出ていますよね?)

昨夜の夏目の台詞を、ふいに思い出す。つられたように広がるくすんで重い感覚に、胸のあたりが苦しくなってきた。

「どうせあんなの、インチキかやらせだし」

あとは仕上げるだけの料理の準備をそのままに、雅巳は二人掛けのテーブルに頬杖をつく。どうにも力が抜けて、そのまま前に突っ伏した。節約にとエアコンをかけていない室内は窓を開けていても暑く、そのせいか頬に当たるテーブルがやけにひんやり感じられる。

「表向き、おれは恋人イナイ歴年齢だし。ああいう占いだと、恋愛相談？　多いんだろうし……揶揄《からか》ったか当てずっぽか、さもなきゃおれを馬鹿にしてる、か」

リコ先輩を始めとした大宮グループ内での女子たちが雅巳を「従者」を呼ぶのは、つまり「大宮のオマケ」という意味だ。虎の威を借る狐《きつね》とか、漁夫の利なんて言われたこともある。祭りの時もだが、雅巳がひとりだと「大宮は？」と訊かれるのはそのせいだ。そう言われても仕方ないと思うし、言い訳しても無駄だと察してもいる。

（以前の恋人と、似たような経緯になります）

またしても耳の奥でよみがえった声に、腕に載ったままの頭を振る。耳元で響くかさついた音を聞きながら、雅巳はぎゅっと瞼《まぶた》を閉じた。

二度あることは三度ある、という。

「倉庫整理終わったんですが、帰ってもいいでしょうか」

「あ？　え、まだいたのか細川」

頼まれた仕事を終えて声をかけた雅巳に、厨房にいたバイト先の上司――店長は「今思い出した」という顔をした。さすがに眉が寄った雅巳を目にして、取り繕うように「いいぞ、お疲れさん」と言葉を継ぐ。

「ああ、それと明日の昼前から夜のシフトも出てくれ。急な休みが入った」

「……いや、ちょっと待ってください。おれ、明日は希望の休みだったはずで」

「おまえが出ないと回らねえんだよ。頼んだぞ」

言うなりそそくさと背を向けフロアに出ていくあたり、完全に言い逃げだ。そうなったら最後、こちらの訴えはまず通らない。出勤しなかったらガンガンに電話がかかってくるため、結局は従うしかなくなる。

はあ、と息を吐いて、雅巳は奥のスタッフルームに向かう。

一年半近くバイトしているここは、某チェーンのファミリーレストランだ。小中高校が夏休み終盤になるこの時期は、ランチディナーのみならず全般的に客数が多い。

今日のシフトは、ランチタイムをがっつり含んだ通称「マゾタイム」だ。それだけでぐったりしていたのに、終了直前に倉庫の整理を申しつけられた。指名されて逃げ損ねたわけだが、この状況で明日はランチからディナーにかけてのシフトとは。

本来の終了から軽く二時間が過ぎた今、スタッフルームに人影はない。ため息交じりに壁際のタイムカードを手に取ると、二時間前に打刻されていた。犯人は間違いなく店長だ。

「……言っても無駄、だよな……」

これもある意味馴染みのことだ。何度抗議しても、曖昧に流され有耶無耶《うやむや》にされる。腹も立つしそんな義理はなしでとっととと辞めようと何度となく思った、のだが。

「連絡なし、か。八宝菜、捨てに行くしかない、よな」

引っ張り出したスマートフォンを眺めて、雅巳はひとつため息をつく。

サークルの合宿が終わってから、今日で三日になる。

以来、大宮からは何の音沙汰もない。電話にも出ないしメールの返信もない。朝に送った
「今日のバイト上がりにアパートに行く」というSNSメッセージも、未読のままだ。

今日こそ向こうのバイト上がりを捕まえて話し合うつもりだったのに、全部がパアだ。

「ずっと、リコ先輩と一緒……ってことはない、よな？」

屋外に出ながら、雅巳は上着のポケットにスマートフォンを押し込む。愛用の自転車に乗って、まっすぐ大宮のアパートに向かった。

あの日のうちに、大宮の合宿荷物の衣類を洗濯しておいたのだ。ずっと干しっぱなしでは傷んでしまうし、冷蔵庫の中の八宝菜もいい加減処分時だろう。

「作り置きなんか好きじゃない、とか言うヤツだし。贅沢な」

辿《たど》りついたアパートの駐輪場に自転車を入れ、階段を登る。合鍵で中に入ってすぐの空気の淀《よど》みに、もしかして数日戻っていないのかと思った。

窓を開け放ち、取り込んで畳んだ洗濯物をクローゼットに押し込む。最後に冷蔵庫を覗いて、皿の上の八宝菜を持参の容器に移し替えた。ついでにそろそろしなりかけている野菜を選んで、リュックサックに押し込んでいく。

背後でドアが開く音がしたのは、その時だ。反射的に振り返った先、後ろ手にドアを閉じた大宮を認めて雅巳は瞬く。

「え、あれ。雅巳……？　おまえバイトは？」

「さっき終わった。――三日も、どこ行ってた？」

「あー……ちょっと、いろいろあってさ」

少し早口に言って、大宮は上がり框《がまち》に座り込んで靴を脱ぎ出した。

気まずい時や、ごまかしたい時によくやる言動だ。ふだんは立ったまま脱ぎ履きしているくせにと、雅巳はつい半目になった。

「なあ、八宝菜は？」

「三日前に作って冷蔵庫に入ってたヤツならここにあるけど？」

「え、オレ作りたてがいいんだけど」

腰を上げ振り返った大宮が、不満顔で近づいてくる。それを横目に、雅巳は冷蔵庫の扉を閉じた。

「あいにく材料がないよ」

「じゃあ買い物行けばいいじゃん。荷物持ちするしさあ、これから一緒に」

「……三日前に帰ってくれれば作りたてだったんだけど？」

「は？　何それ、今から作ってくれないのかよ」

拗《す》ねたように見下ろされて、雅巳は短く息を吐く。冷蔵庫の扉に凭《もた》れて、大宮を見た。

「――……約束破って帰ってもこなかった上に、連絡もなかったよな。おれ、次の日の午後までここで待ってたんだけど？」

「は？　おまえ何やってんの。ここオレんちなのに、何で今日も勝手に入ってんだよ。それは駄目だって言ったよな？」

「待ってる、っていうのはメールでもSNSでも伝えたよ。ついでに洗濯したこともな。今日はそれの取り込みに行くって、朝のうちに連絡してる。――全然、見てないわけだ」

恋人同士だからといって合鍵の交換はしない、というのが大宮の主張だ。学生の身分でなし崩しの同棲《どうせい》はケジメがないし、お互いプライバシーもある、という言い分に雅巳も同意した。そして、三日前に合鍵を預けてきたのは大宮の方だ。

「そんで？　丸三日、どこにいたわけ。バイトに出てたのに、返信しなかった理由は？　もしかして、リコ先輩から何か言われた？」

誰かといる時の大宮が連絡がなおざりにするのは毎度のことだが、相手がリコ先輩だとさらに顕著だ。なので口に出してみたわけだが、果たして大宮はぴくりと肩を揺らした。

「……三日間、ずっとリコ先輩といたってこと？」

大宮は、しばらく無言だった。ややあって、聞こえよがしのため息をつく。

「雅巳さあ、ちょっとうるさいよ」

「は？」

「連絡しなかったのは、確かにオレの落ち度だ。悪かったと思う、ごめん。けど、おまえはいちいち干渉しすぎ。オレにはオレの都合があるって、前にも言ったよな？」

いつもは快活な大宮の声が、妙に低くなる。赤信号の合図だと知っていて、少しだけ気持ちが怯《ひる》んだ。けれどさすがに我慢できずに、雅巳はぐっと奥歯を噛む。

「都合って、リコ先輩の？　それ、いつ終わるんだよ。おれとの約束を何回すっぽかすわけ」

「だから、雅巳も事情は知ってるだろ。オレ何度も説明もしたよな？」

「それがいつまで続くのかって、おれは訊いてんの」

まっすぐ見据える雅巳を、大宮が斜めに眺め下ろす。数秒の沈黙の後でぼそりと言った。

「じゃあ、何。あれだけ怯《おび》えてるリコ先輩を放置して、とっとと帰ればよかったとでも？」

「……っ、それは」

「人に迷惑かけたくないって必死で表に出さないようにしてるだけで、本当はすごく怯えてんだよ。オレ以外の誰にも相談できない、怖くて夜もろくに眠れてない。少しだけでいいから助けてって泣かれたのを、特に緊急でも重要でもない約束があるから撥《は》ね付けろとでも？」

「……そういうことじゃ、なくて」

「だったらどういうことだ。納得できるように説明しろ」

やっとのことで絞り出した声に、大宮はむしろうんざりしたように言った。わざとのように、長いため息をつく。それを聞くなり、ずんと胸の奥が重くなった。

「恋人は雅巳で一番大事だって、オレ何度も言ったよな。それを信じられないってことか」

「だから、おれが言いたいのはそんなことじゃあ」

(似たような経緯になります)

夏目のあの台詞が耳の奥でよみがえって、返す言葉が湯に落ちた氷のように溶けた。言いたいことはちゃんとあるのに、うまくまとまらない。かき集め辛うじて形にしても、喉で詰まって声にならない。

口を開閉するだけの雅巳を眺めて、大宮がうんざりしたような息を吐く。背を向け、たった今脱いだばかりの靴に足を突っ込んだ。

「こう、じ」

「出てくる。――合鍵はドアのポストに入れといて」

「え、あのちょっ……」

慌てて言葉を探しても、その先が続かない。無造作に靴を引っかけた大宮はすでにドアに手をかけていて、振り返ることもなく言う。

「このまんま言い合いしても平行線だろ。お互い、頭冷やした方がいい」

「あ、――」

返事を待たず、重い音を立てて玄関ドアが閉じる。それを、雅巳は呆然《ぼうぜん》と見つめていた。

「……――出ない、か」

3

さらに五日後、定刻に間に合うよう大学に着いた雅巳は、自転車を駐輪場に押し込み急ぎ足で構内の端にあるサークル棟に向かっていた。

耳に当てたスマートフォンから聞こえるのは、単調な呼び出し音だけだ。それを二十まで数えて通話を切ると、どうしようもなくため息が出た。

合宿終わりの三日後にアパートで会って以来、大宮とはまたしてもの音信不通だ。SNSのメッセージには既読がつくものの、スタンプすら返ってこない。

もう一度ため息をついた時、背後から聞き覚えた声がかかった。

「あ、細川くんだ！　久しぶり、元気だった？」

「こんにちは。ええと、今日もデートですか？」

振り返った先に追いついてきたのは、ミナ先輩とハヤト先輩だ。サークル内公認のこのカップルは、目につくようなくっつき方こそしないのにいつも一緒にいるイメージがある。

「デートっていうか、ハヤトくんのバイト先までお迎えにね。細川くんはひとり？　大宮くんは一緒じゃないの？」

「確かに珍しいな。こういう時は大抵一緒だろ。おまえら」

ミナ先輩に続いて、ハヤト先輩が突っ込みを入れてくる。それへ、一瞬返事に詰まった。

「あー……ええと、ちょっと、その」

「また喧嘩か。もしかして、合宿のアレが原因か？」

「原因、というか。少々、言い合いになりまして」

「また」と言われてしまうのは、今の状況がすっかりルーティンになっているせいだ。最初の頃はものの数分だった和解までの時間が数十分から数時間に伸びていき、ここ三か月は数日から長いと十日近く音信不通が続く。

内々にしたい雅巳とは真逆に、大宮の態度はあからさまだ。出会い頭に謝ろうが話し合いを申し入れようが、向こうの気がすむまで空気扱いで無視される。その現場を、目の前の先輩たちには何度か見られている。

「大宮もなあ……相変わらず大人げないってか、やってることがガキだよな」

「や、その。大抵の場合、おれが余計なこと言ったせいなんで。それはそうと、今日の集まりに浩二って出てきます、かね……？」

そろりと伺いを立ててみると、ハヤト先輩は少し顔を顰めた。

「合宿の反省会だし、来るんじゃないか？　親睦会もあるし、あいつああいうの好物だろ」

「来ないと思うなー。リコちゃんもだけど、合宿の時も言い訳ばっかりで全然反省してなかったよね」

真っ二つに別れた意見の、両方に頷きたい気分になった。行ってみればわかるかと短く息を吐いた雅巳に、ミナ先輩が興味津々に言う。

「それはそうと細川くん、サクラやった時、夏目くんに何言われた？　ほら、合宿のお祭りの時の！　すごい当たってたでしょ？」

「はあ……え、でもミナ先輩はお祭り行ってないです、よね？」

「そうなんだけど、帰ってきた子たちから話を聞いてねー。どうしてもって、頼み込んで視てもらったの！　すっごいばんばん当たってて、びっくりしたのよ。おまけにねえ」

祭りで視てもらった通りに行動したら、恋人ができたりよりが戻ったり、願い事が叶った――という女子が複数いたのだそうだ。

「そういや、野郎の中にもいたな。喧嘩別れ目前だったのが修復できたとか、諦めてたバイトに潜り込めたとか」

「え、っと……それ、マジですか」

「野郎の方はマジ。もともと冷やかしで本気にしてなかったらしくて、かえってビビってた」

「もっと視てほしいんだったら直接頼んでみてもいいかもよ。ただ、えぐい質問つきだけど」

「えぐい、……？」

ちょうど辿りついた部室のドアを開けて、先輩たちを先に促した。続いて中に入ってみると、さほど広くもない部屋の片隅に妙な人だかりができている。ほぼ全員が女性のようだ。

「真ん中にいるの、たぶん夏目くんだよ。で、きっとすぐみんな離れるはず」

「えぐい質問があるから、ですか」

「当たり」

得たりとばかりにミナ先輩が頷いた、そのタイミングで本当にさあっと人だかりが散った。その殆《ほとん》どが憮然《ぶぜん》とした、あるいは厭そうな顔をしている。ひとり残った夏目はと言えば、平然とした顔つきで眼鏡の位置を直すばかりだ。

それほどえぐい質問って何なんだ、と思う間に反省会が始まった。合宿費の決算報告の後は期間中に起きた問題についての注意だが、こちらはほぼ無断外泊についてだ。

ちなみに大宮とリコ先輩は、揃って顔を出していない。ミナ先輩の予想通りというわけだ。

拍子抜けすると同時に、落胆した。長引くことなく終わった反省会は、そのまま部室内での親睦を兼ねたお茶会へと切り替わる。とはいえ基本はグループ単位になるため、一部は新作映画を見に行くと揃って出ていった。

大宮がいればともかく、単独での親睦会参加は敷居が高い。なので早々に腰を上げると、すぐ後ろから揶揄めいた声がした。

「あれ、従者くん帰っちゃうんだ？　大宮がいないから？」

ため息がこぼれかけたものの、下手《へた》なリアクションは面倒の元だ。なのでおとなしく振り返ると、リコ先輩の友人三人組が揃ってじろじろとこちらを見ていた。

「とうとう愛想尽かされたみたいねー。こないだ顔見たけど、リコに愚痴ってたわよお」

「知ってるー。ていうか、リアルタイムで聞いてたしっ」

「……あの。浩二って、じゃあリコ先輩、と……？」

言われた内容が気になって、雅巳は短く問いを口にする。と、楽しげな声が返ってきた。

「毎日、一緒にごはん食べてるわよ。買い物もだけど、バイトの送り迎えとかも」

「邪魔が入らないから快適だって。リコもだけど、大宮もね」

「……それは、浩二——大宮本人、が？」

念のための問いに、彼女たちは一斉に笑った。

「いくら面倒見のいい大宮でも、四六時中くっつかれたら鬱陶しくて当たり前よね」

「今、リコとすごくいい感じだから邪魔しないでね。一応、大宮の親友なんでしょ？」

「親友より恋人優先なのは普通よね。あ、でも従者くんて恋人いたことないんだっけ、じゃあわかんないかあ」

くすくす笑いを聞きながら、またしても夏目の言葉を思い出した。

（以前の恋人と、似たような経緯になります）

あの時、続きも聞かずに去ったのは心当たりがありすぎたからだ。

……高校生の時に初めてできた恋人は大学生で、やはりというか同性で内緒の関係だった。

一緒にいるのは楽しかったたし、毎日が充実していた。なのにどこからか少しずつ噛み合わなくなって、夏目の言葉通り大宮との経緯をそのまま辿った。最終的にはひたすら相手の様子を窺うばかりになって、そんな雅巳に相手は呆れたようなうんざりしたような顔、で。

(もう、いい加減にしてくれよ)

とっくに終わったことなのに、心臓の奥が刺されたように痛くなった。挨拶も早々に部室から抜け出して、雅巳はひとり駐輪場へと向かう。

白状すれば、夏目があの時何を言うつもりだったのかは気になる、のだけれども。

「いくら当たるったって素人《しろうと》だし。こっちからいらないって撥ね付けたんだし、今さらだよな。サクラだって、結局は中途半端だったし」

ふと目についたキャンパスのベンチに腰を下ろして、雅巳はスマートフォンを引っ張り出す。表示した画面には、やはり何の着信もない。

「……リコ先輩と、一緒、かあ……」

「細川センパイ」

ぽつんと落ちた語尾に被さって届いた声に、反射的に顔を上げていた。目の前に立つ相手――夏目に気づいて、雅巳はきょとんと瞬く。

「あまり元気がないみたいですねえ」

そう言う夏目は定番の、何を考えているかまるで読めない顔だ。低めの声音も淡々として、感情を窺わせない。

「まあね。夏目は、おれに何か用でも？」

「いえ？　どちらかと言えば、センパイの方が僕に訊きたいことがあるんじゃないかと」

「——……どこまで知ってて言ってたんだ、とか？」

ぽろりと口にした後で、自分から虎の尾を踏みに行ったことに気がついた。辛うじて平静を保って見返した雅巳に、夏目は眼鏡の奥の目をわずかに細くする。

「センパイと大宮サンの関係について、ですか」

「一応確認するけど、浩二から聞いたわけじゃないよね」

言った後でうわあと思っても今さらだ。息を吐いて、雅巳はベンチの背凭れに身を預ける。

夏目は「まさか」と一蹴した。

「僕は大宮サンに嫌われていますからね。ろくな接点もなかったので不思議なんですが」

「……実は全然、不思議とか思ってないだろ」

うっすら笑んで言われた日には、どんなに鈍くても一目瞭然だ。そんなことを気にするなら、とっくにどこかのグループに潜り込むかサークルを辞めていたに違いない。

「訊きたいことがあったとして、答えてくれる気はあるんだ？　えぐい質問つきで」

「そんなにえぐいわけでもないと思いますけどねえ？　むしろ自分の質問には当然無料で、時間と労力を使って答えるのが当然、という思考の方がずっとえぐいかと」

「は？　無料って何」

「先ほどの部室でもそうですが、それ以外でも少々。そのくらい簡単だろう、素人のくせに金を取るなんておかしい、とか。実際僕はプロではありませんが、そこまで奉仕する義理はありませんし？　なので交換条件を出したに過ぎないんですが」

「それでえぐい質問、なわけだ。最初から断る前提？」

「いえ？　いい機会なので、条件を満たしていただけるなら応じるつもりだったんですが」

「残念ながら」と言いながら平然としている夏目曰《いわ》く、最後まで視たのはミナ先輩だけだったのだそうだ。他はよくて三つ目の質問までで挫折したらしい。

「で？　わざわざおれに声かけてきた理由は」

「興味深いと言いますか、面白いサンプルになると思ったので。センパイもまだお悩みのようですし、だったらこちらから条件を持ちかけてみようかと」

「おい」

興味深いはまだいいとして、面白いとはいったい何なんだ。鼻白んだ雅巳を見下ろしたまま、夏目はにっこりと笑みを浮かべる。

「細川センパイはずいぶん情熱的と言いますか、僕からするとあり得ない人なので」

言われた内容は大概でしかなかったのに、初めて見た満面の笑みに全部持っていかれた。失礼を承知で言い切れば、「ちゃんと笑えるのかこいつ」というのが雅巳の正直な感想だ。

「理解不能な事象を観察・分析して、理解できない理由を明確にするのが僕の趣味なんです」

「何だその難解ってか、意味不明な趣味」

なるほど、だから「意味不明」とか「不気味」と言われるわけだ。妙な具合に納得して、雅巳は気を取り直す。少し躊躇ってから言った。

「――おまえさ、何か思うところはないわけ」

「思うところ、とは?」

「男同士とか、あまり一般的とも言えないだろ。気色悪いとか、あり得ないとか」

大宮が、雅巳との関係を秘匿したがる理由がそれだ。曰く、就職を含め将来に差し障りがあるかもしれないから、お互いのために内密にしよう。

「そこを否定する理由が僕にはないもので。特段の影響がない限り、個人の自由でしょう。昨今ではテレビや映画でもよくある話ですし」

「……そういう問題かよ」

「そんなものです。サンプルとしての興味はともかく、個人的ゴシップはどうでもいいので」

現象として興味はあるが、個人的レベルではどうでもいいというわけか。察して、狐に摘《つ》ままれた気分になった。短く息を吐いて、雅巳は後輩を見上げる。

「じゃあ交渉成立な。あと一応確認するけど、おまえ、おれと浩二のこと――」

「聞いていても調べてもいませんよ。何となく察していたことを、合宿で確信しただけです」

「……他の人にもバレてるとか言う？」

「ないでしょう。むしろリコ先輩と大宮サンに関する噂《うわさ》の方が主流でしたし」

「あ、そう」

見ただけでピンポイントとか、いったいこの男は何者だ。呆れと同時に少々の不気味さを覚えながら、雅巳は投げやりに言う。

「んじゃこっちの現状だけど、おまえが言ったそのまんま。前の時と同じパターンに嵌《は》まってる。付き合い始めから経緯まで、な。こっちの出方次第だけど、その流れで行くと保《も》ってもあと一か月ってとこ。でもおれは別れたくないんで、どういう打開策があるか聞きたい」

一息に説明した雅巳に、夏目は軽く首を傾げた。あっさりと言う。

「あえて距離を置くことを推奨しますね」

「距離ならとっくに空いてるよ。合宿終わりに喧嘩になってそこから三日、その後やっと会えたと思ったらまた言い合いして今日で音信不通五日目だ」

やっぱり素人か。でもってこの程度の言葉のために、えぐい質問に答えねばならないのか。やさぐれ気分でじろりと睨《ね》めつけた雅巳に、夏目は面白そうに笑う。

「物理的にはそうでも精神的には違いますよね。音信不通と言ったところで相手から返信がないだけで、センパイの方は連日連絡しているのでは？」

「……それは、まあ」

見てきたように言われて、本気でぎょっとした。そんな雅巳に、夏目は淡々と続ける。

「そもそもセンパイの優先順位の最上位が大宮サンでしょう。日常が大宮サン中心に回っている、とも言いますが」

「ちょ、待てそこまでは」

「ない、と言い切れますか。では、どうしてあのサークルにいるんです？　細川センパイ個人はさほど映画が好きじゃないですよね。交流にもむしろ無関心で、にもかかわらず大宮グループの面倒を一手に引き受けているのは？」

「それは、浩二がそういうの苦手だし。あいつが困ってるの知ってて放っておくわけにはいかないっていうか……なあ、おまえやっぱりどっかに盗聴器仕掛けてない？」

反論したものの、内容はほぼ図星だ。返す言葉が力を失うのが、自分でもよくわかった。

「やってみたい気持ちもありますが、さすがに犯罪行為なので自重しました」

「犯罪じゃなかったらやるのかよ」

渋面で訊いてみたら、夏目はにっこりと顔だけの笑みを浮かべた。一応の自主規制はあるようだと察して、雅巳は少々安堵する。

「つまりこっちから連絡するなって？　おれ、別れる気はないって言ったよな」

「だからあえて距離を置くんです。今の大宮サンにとって、細川センパイは常に自分を優先してくれる便利な人になっていますので、まずはそこからの脱却が先決かと」

「常に優先してくれる便利な人……」

「何をしようが何を言おうが許してくれて、放置しても追いかけてきてくれる健気《けなげ》で寛容な人、と言い換えてもいいですが」

復唱するなりむかついて、フォローのつもりらしい夏目の言い分にもっと業腹な気分になる。とはいえ腑《ふ》に落ちる部分があるのも事実で、雅巳は短く息を吐く。

「で？　具体的にどうすればいいって？」

「もっと自分を優先してください。さほど興味もないサークルに時間を費やすのでなく、自分の好きなことややりたいことに集中してみたらいかがでしょう？」

「やりたいことって、そんなの」

「できていると本気で思うならそれで構いませんが。決めるのは細川センパイですし」

即答で反論を潰されたあげく、放置プレイされた。じっとこちらを見る夏目の目には興味の色が濃いくせ、どこか無関心な気配がある。

「過去と同じ言動は、未来に同じ結果を呼びます。昨日と同じ明日が来るだけです」

「……あー……」

反発よりも、腑に落ちる感覚の方が強かった。確かにその通りで、だったらとりあえずやってみるしかない。

ひとつ頷いて、雅巳は改めて夏目を見上げる。思いついて言った。

「これは好奇心なんで無理に答えなくていいけど。夏目んちって霊能者とか、占い師の家系？」

「母方にそういう人がいたと聞いたことはありますが、あいにく僕は興味ナシです」

本気でどうでもよさそうに言う夏目に、雅巳はあえて突っ込んでみる。

「興味がなくても才能はある、とか？　さもなきゃいきなり占い師から指名されるとか、初めてやって当たりまくるとかないんじゃないの」

「当たる当たらないは本人の主観ですし、ああいうものは少々でも掠《かす》っていれば『当たり』だと思うものです。指名については僕としても意味不明なので、お答えしようがありません」

「初対面の占い師から、いきなり言われたって本当なんだ？」

「正真正銘の通りすがりです。先方の名前も聞いていませんし、僕も伝えていません」

「何でそんなの引き受けたんだよ」

興味があることには躊躇なく首を突っ込むが、そうでなければ徹底した無関心。というのが、雅巳の夏目への印象だ。なので思わず追及してみたら、夏目はしらりと返してくる。

「二度はなくていい機会でしたので。後腐れもなさそうでしたし」

「その基準も謎なんだけど……まあいいや。そんで、交換条件のえぐい質問は？」

煙《けむ》に巻かれた気分で脱力した雅巳に、夏目は眼鏡の奥で目を細めてみせる。

「まずですが、細川センパイは大宮サンのどこが、どんなふうに好きなんです？」

「は？」

思いも寄らない問いに、面食らった。真正面から見下ろしてくる夏目の、検分するような視線にひどく落ち着かない気分になった。

「どこが、どんなふうにって……え？　ちょ、待て。えぐい質問って、それ？」

「はい。是非、新鮮なサンプルをいただければと」

「……さっきも言ったけど、男同士だぞ。何の参考にもならないだろ」

「人を好きになる気持ちとはどういうものなのか、本気の好きというのがどこまでのものなのかに興味があるんです」

いったん言葉を切って、夏目はさらりと言った。

「僕自身はまったく恋愛事に興味がないもので。だいたい面倒じゃないですか」

「めんどう……」

「数年前から周囲の観察検証と、フィクションノンフィクションとも書籍や映画でも確認したんですが、非常に非効率的で不条理な感情ですよね。広範囲で分析してみても、どうにも僕には理解不能なんです。なので、占いの真似事《まねごと》程度でサンプルが集まるなら好都合かと」

立て板に水の勢いで言われて、正直気圧された。一拍の後、思わず言う。

「は？　え、じゃあもしかしておまえって、初恋とか」

「未体験ですが、それが何か」

「いやでも幼稚園の先生とか同級生とか幼馴染みとか？　ちょっと気になるとか憧れるとか」

「皆無ですね」

「えー……」

マジか、と一瞬疑ったものの、やたら冷静な目の前の後輩にそんな過去がと考えた方が怖い気がしてきた。なので気を取り直し、別の問いを口にする。

「……参考までに訊くけど、続きの質問って」

「好きという感情は実は錯覚ではないのか、あると言い切るならその根拠はどこにあるのか。あとはいわゆる純愛は本当に存在するのか、あるならどう証明するのか、といったあたりですね。僕が観察した限り、恋愛関係には多大な錯覚や誤解に加えて損得勘定が絡み合っていますので。本気だ純粋だ運命だと言いながら、浮気や心変わりもありがちですし」

「……おまえさあ」

恋愛真っ只中《ただなか》であれ破局寸前であれ、突きつけられるにはえぐすぎる質問だ。夢も希望も木っ端微塵《みじん》になりかねないそれを全部乗り切ったミナ先輩の回答を、是非聞いてみたい。

「えー、と……どこが、どんなふうに好きか、だっけ。簡単に言うと、一緒にいると安心するから、だけど。あと、何か放っておけないっていうか」

とはいえ、アドバイスを貰《もら》った以上は成立済みの取り引きだ。黙秘はナシだと思考を捻《ひね》って、雅巳は言葉を絞り出す。

「おれとは真逆だから時々わけわからなかったり、ついていけないと思うこともあるけどさ。

何のかんの言って面倒見がいいし、優しすぎて人を見捨てられなくて、そういう浩二が周りに頼りにされてるのを見るとおれも嬉しいっていうか。その、うまく言えないんだけど。あと、前の相手との破局に関しては、おれは完全にフラれた側なんで何とも……？」

果たしてこれで答えになっているのか。気になってちらりと目をやると、夏目は眼鏡の奥で瞠目《どうもく》していた。

「……何。おまえちゃんと聞いてた？」

「あ、ああ、はい。いえ、その――目の前で詳しく惚気《のろけ》られるといいますか、まともな返事が来るとは正直思っていなかったので」

「おまえが訊いたんだろ！　って、何そのまともな返事って」

「今までの方は大抵一言で終わって、追及するとキレられましたので。ミナ先輩についても、『好きに理由なんかあるわけない、自分で説明できたら苦労はない』の一言でしたし」

「は？　なのに懲りてないのか。頭いいヤツだと思ってたけど、案外間抜け？」

「……まぬけ」

つらっと出た台詞に、「しまった」と思った時は遅かった。

ご丁寧に復唱した夏目が、きらりと眼鏡を光らせる。もとい、角度の加減で偶然光ったはずだが、この男に限ればわざとやったんじゃないかと思えてしまった。

「細川センパイに言われるとは、なかなか……」

「どういう意味だよっ」

怯んだところを打って変わって思案げに言われて、つい言い返していた。そんな雅巳をよそに、夏目は眼鏡を指で押し上げる。

気の抜けた流れのままに連絡先を交換し、「何かあればまたどうぞ」との言葉を残して夏目は去っていく。まだ夏休み中の校舎に向かっているのは、用があるのか何か企んでもいるのか。根拠もなく後者に違いないと思ってしまうあたり、夏目への印象は「不可解」から「胡散《うさん》臭い」にチェンジしてしまったようだ。

「あ、おれもバイトっ」

ふと目に入った時刻に、慌ててベンチから腰を上げる。半ば駆け足で駐輪場へ行き、自転車に乗って大学を出た。

風を切って走りながら、ふと思い出したのは先ほど夏目に告げた自分の言葉だ。

(一緒にいると安心するから、だけど。あと、何か放っておけないっていうか)

……そう、だから雅巳は大宮が好きなのだ。

大宮には、雅巳の前でだけ見せる笑みがある。周りに合わせすぎて疲れてしまうのか、ふたりきりになったとたんに懐いてくることも珍しくない。ひどい時は雅巳以外を近くに寄せなくなったりもする。

それに、大宮の一方的な物言いや我が儘《わがまま》は雅巳にしか向けられない。それが甘えだと察しがつくから、結局はしょうがないと許してしまう。

「精神的な意味で距離を置く、かあ……」

バイト先のチェーンレストランで持ち場の厨房に入りながら、雅巳は口の中で呟《つぶや》く。

周囲に頼られるのは大宮の長所だ。近くでそれと実感するのは嬉しいし、自慢にも思う。

けれど繰り返しすっぽかされ、放置されるのは苦しい。大事な約束を延期の果てに反故《ほご》にされて、それでも「いいよ」と笑うのは難しい。こうして距離を置かれていても、つい考えてしまう。

大宮はどこで何をしているのか。――少しは雅巳を思い出してくれているんだろうか、と。

(今の大宮サンにとって、細川センパイは常に自分を優先してくれる便利な人になっていますので)

(もっと自分を優先してください)

(自分の好きなことややりたいことに集中してみたらいかがでしょう)

「やりたいこと、かあ……」

そういえばこのバイトも大宮の紹介だ。恩人が厨房スタッフを探している、大宮自身のバイト先からも近くておススメだと言われ、さあ書けとばかりに目の前に履歴書を置かれた。

気持ちが嬉しくて、その場で書いた。共働きの両親に料理音痴の姉という家庭で育った雅巳が料理を覚えるのは早かったし、作ったものを「美味しい」と食べてもらえるのが嬉しくて、いつの間にか趣味になっていた。

だから、バイトの内容自体に不満はない。けれど、状況全般について言えば――。

「細川、大宮が来てるぞ。上がりまで待ってるって」

「え」

不意打ちで背後からかかった声に、振り返る。バイト仲間が示す方角、カウンター向こうに五日ぶりの顔を見つけて、つい瞠目していた。

こちらを見ていた大宮が、少し拗ねた顔で手を振る。反射的に振り返した雅巳に短く頷いて、窓際の席につく。

「あの、ありがとう」

「喧嘩もほどほどにな。あとオーダー入ったから」

つらっと返す彼は他大学の学生で、同い年だがここでは先輩に当たる。実は大宮と知り合いだったことは、バイトを始めて二週間目に知った。

届いたオーダーを確認し、フライパンが乗ったコンロに火を点《つ》ける。食材を炒《いた》めながら、どうしようもなく頬が緩む。

まさか、大宮の方が折れてくれるとは思ってもみなかったのだ。それが、まだ大丈夫という証拠に思えた。

「お疲れ。なあ、雅巳の八宝菜、食べたいんだけど」

「また、いきなり」

バイトを終えて通用口を出るなりかかった声に、つい呆れ顔になっていた。そんな雅巳に、大宮は唇を尖《とが》らせてみせる。

「余所のだと味が違うんだよ。オレが食べたいのは雅巳の八宝菜なんだって」

「……作るにしても、先に買い物に行かないとだよ」

「荷物持ちするする。このまま行こうぜ、いつものスーパーでいいよな？」

急《せ》かすように言う大宮は、けれど少し後ろめたそうだ。察して、雅巳はわざと軽く言う。

「いいけど、どこで食べる。うち？　それとも浩二んとこ？」

「オレんとこでいいだろ。借りてるＤＶＤあるから一緒に観よ」

「え、何借りた？　内容どんなの？」

言い合いながら自転車を引っ張りだそうとしたら、腕を摑んで引き留められた。「オレ、車だから乗ってけよ」の一言とともに駐車場の一角に連れて行かれる。

珍しいと、まず思った。次いで気になったのは置き去りになる愛用の自転車だが、今ここでそれを言っても大宮の機嫌を損ねるだけだ。なので促されるままに助手席に乗った。

「雅巳、明日のバイト休みだろ。行きたいって言ってたナントカ展、つきあってやるよ」

「いいんだ？　浩二だってふだんはバイトあるんだし、行きたい場所とか」

「いいのいいの」

言ってにっかり笑う、その顔に弱いのだ。正直、自分でもどうかと思うくらいに。だから、つい頷いてしまう。肝心の「ナントカ展」は、もう期間終了している、のに。

……大宮が、五日前のことを口にしないのはわざとだ。買い物をしてアパートに帰って八宝菜を食べて、一夜明けてもきっと話題にも上らない。だからといって雅巳から蒸し返せば、また喧嘩になって無視されるの無限ループだ。

「他にさ、気になる場所があるならピックアップしろよ。行ける範囲ならつきあうからさ」

車を出しながら言う大宮は、見るからに上機嫌だ。伸ばした手で雅巳の手を軽く叩《たた》く様子に、こうやって何もかもを有耶無耶にする恋人を本気で狡《ずる》いと思ってしまう。

「そんなこと言ったら本気にするよ？　すごい距離走ることになるかも」

「おう、望むところだ」

にっかり笑う大宮から、かすかにシトラスの香りがする。半年ほど前から馴染みになったそれは、たぶんボディソープのものだ。だからきっと、外泊するたび同じ場所を使っている。

(友達んとこだよ。雅巳が知らないヤツ)

思い切って訊いてみた時の返事がそれで、その先を雅巳は知らない。追及しても答えてくれず、やりすぎると「疑ってんのかよ」と機嫌を悪くする。

雅巳の側に秘密はないのに、大宮には「知らないこと」が多い。今さらのことをふと実感して、何かが欠けたような心地になった。

4

仏の顔も三度、と言うのだったか。

「いやもうコレ、どうにかなんないのか……？」

バイトの残業後、またしても勝手にタイムカードが定時で打刻されていたのを知って、雅巳は長い息を吐いた。

休日の午後や平日の夕方であればまだしも、いやそちらであっても真っ平だけれど、よりにもよって深夜から朝までのシフトの後だ。大学の後期はすでに始まっていて、本日もふたコマ目から午後までの講義に加えてサークルミーティングを控えた身にはかなりきつい。

時間だけを言えば、ギリギリ講義には間に合う。ただし、ほぼ完徹状態だ。訴えようにも肝心の店長は、昨夜同じシフトだったにもかかわらず定刻で退勤済みだ。

……あまりの理不尽さに、いい加減うんざりしてきた。

「もう一回、店長に抗議……しても無駄だよな。副店長に言ってもアレだし、だったら本部に訴えるしか」

誰かに聞かれたらそれなりにまずそうな台詞だが、正規の交替時間をとうに過ぎた今、スタッフルームにいるのは雅巳だけだ。

ため息交じりに確認したスマートフォンに、着信はない。表示された時刻からすると、この後の行動は短時間のうたた寝か、どこかで朝食を摂るだけで精一杯だ。

疲れた身体を引きずってバイト先を出ると、自転車で最寄りのファストフード店に乗り付ける。食後のコーヒーを飲みながら、ミーティングへの参加をどうしようと思う。

議題は一か月先の大学祭だが、すでに企画が決まり準備が進んでいる。特に提案する気もなし、だったら後で議事録を見せてもらえば十分だ。

なのに「欠席」と思い切れないのは、大宮に会えるかもと思ってしまうからだ。またしてもと言うしかないが、現時点で雅巳と大宮は再びの言い合いの果ての音信不通状態に陥っている。それも、珍しく大宮がバイト先に迎えに来てくれたあの日の夜から、だ。

……あの日は雅巳が作った八宝菜を食べて、一緒にDVDを観た。好みじゃなく面白くもない内容だったが寄り添って過ごす時間はずいぶん久しぶりで、穏やかで優しかった。

翌日のドライブルートを相談し、大宮の希望で弁当を作ることになって、急遽《きゅうきょ》買い出しに行った。帰宅後にリクエスト通りの夕食を作りながら、この上なく満ち足りた気分でいた。

その全部を、大宮宛の電話が台無しにしたのだ。背中で聞こえた電子音につい耳を澄ませ、背後の受け答えを聞きながら、うんざりするような確信と諦観が同時に浮かんでいた。

（悪い、オレちょっと出てくるから）

（……リコ先輩の呼び出し？　また？）

（困ってて、助けてほしいんだってさ。しょうがないだろ、すぐ戻るから）

（いつまで続くんだよ、そのしょうがないっていうの）

どうしても、堪《こら》えきれなかった。

突き放す声音のせいか単に内容が気に入らなかったのか、大宮が露骨に厭そうな顔をする。

「あのなあ」と、いつになく低い声で言った。

（おまえ、何でそうリコ先輩を目の敵にすんだよ。大人げなくない？）

（……自分が困るからってのべつまくなしに、大学の後輩を呼びつけるのは大人げないとは言わないんだ？）

（雅巳）

即答で言い返したとたんに鋭く名を呼ばれて、雅巳はぐっと奥歯を噛む。

（前から思ってたけどさ。おまえ、リコ先輩に妙に冷たいよな。意地が悪いっていうかさ）

（何だよ、それ……）

（家を出て独り暮らししてる女の子が変なヤツにつけ回されたら、相当怖いに決まってるだろ。それを呼びつけるとか大人げないとか……十分意地が悪いよ。さもなきゃ性格が悪い）

（――っ、おれ、はっ）

（まだ嫉妬してんのか。つまりオレを信用してないってことだよな）

突きつけられた内容に、返答が見つからなかった。黙りこくった雅巳をじっと眺めて、大宮は長い息を吐く。

（すげえ残念、てか失望した。他の誰が何を言っても雅巳なら、……雅巳だけはわかってくれると信じてたのに）

言い捨てて、大宮は部屋を出て行った。

（おまえすぐ帰れ。鍵かけたらポストん中な。あと、絶対勝手に入るな）

それきりだ。前は既読がついたSNSのメッセージも今回は未読のままで、当然ながら電話にもメールにも応答はない。

そのくせ、この十日で二度もバイト先に客としてやってきた。わざとのようにリコ先輩を腕に絡みつかせ、ドリンクバーとデザートだけ頼んで、いちゃつくだけいちゃついて帰っていく。ただ来て帰るだけなら厨房にいる雅巳は気づかずすむのに、わざわざリコ先輩が得意満面の顔で「真面目《まじめ》にやってるのー？」などと声をかけてくるのだ。

（浩二クンも来てるわよー。キミに用はないみたいだけど！）

「……だったら余所の店に行けっての。ファミレスなんか腐るほどあるだろ」

ギリギリで滑り込んだ講義室の片隅で、雅巳は口の中で小さく呟く。

ちなみに、大学で大宮と遭遇する機会は滅多にない。重なる講義はふたつしかないし、その時の大宮は雅巳の知らない友人に囲まれている。

寝不足で受けた講義はろくに頭に入らず、ノートを取れたのが奇跡に近い。居眠り防止に昼食をごく軽くし、自分の手を抓《つね》りながらどうにか最後の講義を終える。講師が教室を出ていくのを見届けて、デスクに額を落としてしまった。

……会ったところで無視されるだけなら、とっとと帰って寝た方がマシだ。

思うのに、「でも」と異議を唱える声がする。もしかしたらもう飽きたんじゃないのか。顔を合わせたら、向こうから声をかけてくるかもしれない、と。

「行く、か」

覚悟を決めて出向いたミーティングでは、大宮はやっぱりリコ先輩とくっついていた。声がかかるどころかまともに目が合うこともなく話し合いは閉会し、大宮たちが仲良く部室を出て行くのを見届けて、雅巳はのろりと腰を上げる。

「おーい細川、ちょっと相談……って、どうした、その顔」

「バイト関係で完徹なのと、腹減りました。帰って寝ます」

「お、おう。じゃあまた連絡するから」

物言いたげなハヤト先輩に挨拶をして、雅巳はとっとと部室を出た。

眠気を堪えて自転車置き場に向かう途中、背後から「センパイ」と声がした。ミーティング中に視線を感じていたしで素直に振り返ってみると、予想通りの人物がすぐ後ろにいる。

「……夏目、か。お疲れ」

「お疲れさまです。ところで、またですか」

「またですかって何だよ」

返す言葉に棘《とげ》が生えたのはわかったが、自重する気になれない。なのでじろりと睨んでやったのに、夏目は相変わらず興味津々な顔だ。

「前回より雰囲気が重いので、ワンクッションあった上での悪化ではないかと」

「——おまえ絶対、おれに盗聴器か監視カメラつけてるだろ……」

「非常にそそられる内容ですね。実行できないのがかえすがえすも残念です」

しみじみ言われて、ほっとすればいいのが引けばいいのかわからなくなった。同時に、案外よく喋《しゃべ》るんだなと他人事《ひとごと》のように思う。サークルの集まりやミーティングでの夏目は、雅巳と同じく終始無言がデフォなのだ。

「ところでセンパイ、実行してませんね？」

「は？　何を」

「物理的にも精神的にも距離を置く。あと、センパイはセンパイのしたいことをする。——その気になれませんか」

「あー……いや、そうじゃなくて」

事実報告のような口調に、「そういえば」と思い出した。

やってみる気満々だったのに、大宮の顔を見た瞬間に忘れたのだ。結果、いつも通り連日の連絡を無視され続けている、わけで。

「やっぱり気になるっていうかさ。つい、その……したいことって言われてもすぐには思いつかないっていうか」

「つまり大宮サンのことが頭から離れないと？」

「う、……まあ、たぶん？　講義中もつい、スマホしょっちゅうチェックしたり、とか」

言いながら、今さらに先日の夏目の言葉の正しさを思い知る。――確かに、最近の雅巳は常に大宮のことを考えて、ひたすら連絡を待っている。眠気もピークだった講義中、着信がすぐわかるようスマートフォンをノートの上に置いてしまうくらいに。

ひとりでいる時は、もっとひどい。あの言い合いを思い出して後悔したり改めて腹を立てたり、既読がつかないSNSを遡って大宮とのやりとりを思い出したりしている。

「――うわ。何ソレ、おれまるでストーカーじゃん……」

「今頃気づきましたか」

「おい待てコラ。おまえな」

図星を指されて腹が立つのは、それが図星だからだ。――という怪しい日本語が脳裏に浮かぶ。悔し紛れに夏目を睨んで、雅巳はぐっと奥歯を噛む。

「好き、なんだからしょうがないだろっ」

「あばたもえくぼと言いますか。さすがとしか言いようがありませんねえ」

「おまえ絶対、おれのこと馬鹿にしてるだろ……」

唸《うな》るように、声が低くなった。そんな雅巳を眺めて薄く笑う夏目を、厭味なやつだと思ってしまった。

「いえ？　むしろ感嘆しているところです。これが『本気の好き』なのかと」

「いいサンプルになるってヤツ？　おれは実験動物かよ」

「気に障りましたか。二度と近づかない方がよろしいですか？　でしたら僕はこれで」

「……いやちょっと待て。サンプルになれば助言くれるって言ったよな⁉」

言うなり半歩退きかけた夏目の、シャツを摑んで引き留める。半身を振り返った後輩が「おや」と目を細める様子に、つくづくいい性格だと改めて思った。

「実験動物扱いで構わないと？　あいにくですが、聞くだけ聞いて実行されないなら僕にメリットはないもので。遠目に眺めていても結果は見えますし」

「……おまえの指示通りにしろって？」

「強制はしませんよ。選ぶのはセンパイです」

「う、」

意味ありげな笑みに、雅巳はぐっと奥歯を嚙む。夏目を睨んで言った。

「――わかった。具体的に、どうすればいい？」

ひとまずSNSのメッセージは取り消すようにと、夏目は言った。

「は？　え、今までの全部？」

「未読表示のものだけで結構です。その上で、今後一切メッセージしないでください」

「えええええ……それだと浩二の動向とか」

「SNSでそれがわかるとでも？」

「ぐ、……今すぐ？　別に、後でも」

「ひとりになってそれができると仰《おっしゃ》るなら、僕は構いませんが」

ひとまず、大学からそこそこ近い喫茶店に場を移した後のことだ。どうやら個人経営らしくどことなく手作り感のあるここに雅巳が入ったのは初めてだが、夏目はそれなりに馴染みらしい。雅巳が広げたメニューを、ちらとも見ずにオーダーした。

二人分の飲み物が届いた後で会話を再開したわけだが、この後輩はやっぱり容赦がない。言葉で急かしこそしないものの、ぐるぐる唸る雅巳をじっと見据えてくる。

息を吐き、その場でアプリを開く。ずらりと並んだメッセージ取り消しの表示に、「やっぱりストーカーだったかも」と自己嫌悪に陥りそうになった。

「消した、けど。あとは？」

「現時点で大宮サンとの接点はほぼないんですよね？」

「バイト先に二回来たけど、接触してくるのはリコ先輩だけ。浩二からはガン無視されてる」

「なるほど」

考えの読めない表情で頷いて、夏目は眼鏡を押し上げる。どうやら、思考中の癖らしい。

「ではセンパイも無反応を心がけてください。当然、大学でもです。わざわざ会いに行くのは御法度ですし、可能な限りすれ違いや遠目に見るのも避けることを推奨します」

「……いや、けどそれだと忘れられ――」

「そうですか。では僕はこれで」

言うなり腰を上げかける様子に、慌てて「わかった！」と声を上げた。つくづく容赦のない後輩だと半分涙目になっていると、夏目は軽く眉を上げる。

「人間、当たり前過ぎるとありがたみを忘れるんですよ」

「ありがたみ」

「人間には酸素が必要不可欠ですが、日常では存在すら意識しません。究極にはそういうことです」

「理屈はわかった。けど、例えが究極すぎ……あー、でもそうなると結構暇になる、のか」

うだうだ悩んだあげく、しつこくストーカーしていた。つまり、そのくらい時間に余裕があったわけだ。おまけに、大宮宅のための買い物や料理や掃除片付けもしなくてよくなる。

「だったらバイトを増やしませんか」

「は？　いやちょっと、今のバイトであれ以上は」

始めて半年と経《た》たず勝手にシフトを増やされて、一時は講義を休むしかなかったほどなのだ。その時点で話し合い、一か月あたりの日数と時間枠を固定したからいいようなものの――いや、それでも無償残業を押しつけられているのが現状なのだが。

「細川センパイ、映画より読書の方が好きでしょう。そういう人にオススメのバイトです」

「今のと別口？　っていうか、何でおまえがそんなの知ってんだよ」

「部室で時々読んでたじゃないですか。夏合宿でも文庫本を持ち歩いてましたよね」

続けて複数のタイトルまで上げられて、何故そこまで覚えているのかと少々慄《おのの》いた。それに気づいているのかいないのか、夏目はさらりと続ける。

「行きつけの古書店の主《あるじ》から、バイトを紹介しろとせっつかれてるんです。あいにく条件つきなので、なかなか該当の人がいなくて」

「条件って何」

胡乱な気分で目を細めた雅巳に、夏目はにっこりと胡散臭く笑う。

「僕に遠慮なく物を言える人にしろ、とのことなんです。なかなか見つからなくて苦慮していたんですが、センパイなら僕が素で話してもへこたれそうにないな、と」

「それ全然褒めてないだろ」

夏目が連日通うそこは、品揃えが豊富で稀少本《きしょうぼん》も扱っている知る人ぞ知る店なのだそうだ。曰く、雰囲気も品揃えも好みど真ん中で、時間があると入り浸っている、らしい。

つらつら聞いているだけで、目の前の後輩がその店の二階の北西の棚の、上から何段目のどのあたりにどんな本が、とピンポイントで言えることがわかった。

「……そんだけ詳しかったら、おまえがバイトに入ればいいいんじゃないの」

「残念ながら、すでにクビになりまして。再雇用はあり得ないと釘《くぎ》を刺されました」

「おまえいったい何やらかしてんの……」

慄きながら訊いてみたら、夏目は「さあ?」と首を傾げた。

「いずれにしても、バイトが必要なんだそうです。ついては前任者の責任で、どうにか後任を見つけて引っ張って来い、とのことで」

「ちょっと待て、その流れおかしいだろ！　ってよりおまえ、まだその店に出入りしてんの⁉」

「今日は開店直後から昼前までいましたが、それが何か？　出入り禁止を食らったわけではありませんよ」

けろりと返す夏目が、とうとう宇宙人に見えてきた。盛大に引いたのはわかっただろうに平然と、むしろ面白がるように言う。

「これから一緒に行ってみませんか。すぐ近くなので」

「悪いけど今日はパス。おれ、バイトで昨夜完徹」

こうして話していても、気を抜くとテーブルにくっつきそうだ。正直に吐露すると、夏目は「ああ」と頷く。

「だから溶けそうな顔なんですねえ。では、詳しい話はまた後日にでも」

置いて行かれるとそのまま寝てしまいそうで、どうにか一緒に店を出た。細身の長身が去っていくのを見送って、雅巳は店の前に停《と》めていた自転車の鍵を外す。

「あー……そういやあの本、まだ途中なのにすっかり忘れてた……」

合宿用に持参した文庫本はサスペンスもので、はらはらしながら読み進めていたはずだ。図書館にも、駅近くの大型書店にも当分行っていない。たまの楽しみだった古書店巡りなど、とんとご無沙汰だ。というより、存在を思い出しもしなかった。

「……振り回されてたって、そういうこと……?」

滅多に本を読まず、テレビや映画を好む大宮は、困ったことに雅巳が本を読むのを嫌がる。せっかく一緒にいるのにと言われるから、雅巳が本を手にするのはひとりの時だけだ。

「つまり、無視されてる間は本読み放題ってことか」

口に出すなり一気に気が楽になった。同時に、思う以上に疲れていたことを自覚する。

眠気覚ましを兼ねて、自転車を押してアパートに帰り着く。夕飯の買い物は、と思い出して焦って、直後に「いやいや」と思い直した。

ひとりだから、自分で好きにすればいいのだ。つまりこの場合はとっとと寝て、起きてから冷蔵庫を漁《あさ》って適当に作ればいい。

思って、さらに気が抜けた。欠伸《あくび》を噛み殺し背中のリュックサックを肩で揺り上げて、雅巳はアパートの外階段に足をかけた。

5

「お断りします。今日、このあとは別のバイトが入ってるので」

即答した雅巳に、バイト先のファミリーレストランの店長は露骨に苦い顔をした。不機嫌そうに言う。

「何だよそれ。何で勝手に他のバイトなんか」

「そこは個人の自由であって、店長にどうこう言われることじゃないと思います。何度も言うように、おれはただのバイトです。シフト外の時間に干渉される謂《い》われはありません。それに残業とか言っても毎回、サービスになってますよね？　いつも定刻に打刻されてますし」

「何か文句でもあるのか。どうせ大学生なんか暇だろう、バイトとか言ったって大して役にも立たないんだから多少のサービスくらい」

「それは本社の総意ですか？　だったらサービス残業の件と併《あわ》せて問い合わせてみますけど」

強気で言い切った雅巳に、店長は苦い顔をした。「勝手にしろ」と言い捨てて離れていく。

短く息を吐いて、とっととスタッフルームに向かった。中に入って息を吐いていると、同じシフトで上がって着替えていたバイト仲間が少し怪訝そうにする。

「あれ？　細川さん、今日も居残りですよね？　さっき店長に呼ばれてたし」

「断った。他のバイトが入ってるし、そうじゃなくても無料奉仕とかいい加減無理」

「へ。あ、あー……そっか、やっぱりそうだったんだー……」

一拍きょとんとしたバイト仲間が、ややあって得心したように頷く。瞬いた雅巳に、気まずそうに言った。

「いやその、時間外で店長が割り振る残業は時給割高で、だから細川さんにしか行かないんだって噂聞いてて。けど、こないだ細川さんと同じシフトだったモリが着替えてる時に店長がタイムカードの打刻に来て、それが細川さんのカードだったとか言ってて、訊いてみたら同じような場面見たって他に何人も」

「時給高め、って……それでも遠慮するよ。こないだなんか、深夜から朝までのシフトでサービス残業二時間も押しつけられたし」

「マジですか。え、サービスって残業代は」

「一切なし。タイムカードは毎回勝手に定時打刻されてた」

シャツを首に通したままの恰好で「うわあ」と声を上げたバイト仲間は、確か同じ大学の後輩だ。学部学科が違うせいか、キャンパスではまず見かけない。

付け加えれば、ここのバイトの中でも雅巳は少々浮き気味だ。理由はたぶんコネで入ったとかすぐに厨房担当になったとか、雅巳がとっつきにくかったとかだろうけれど、ここまで会話すること自体が珍しい。――と思っていたら、彼は体育会系っぽい大柄な体軀《たいく》を丸めるようにして眉を下げ、申し訳なさそうに言った。

「す、みません。その、俺、もだけど他のヤツらも、細川さんは店長のお気に入りでシフトも実入りも特別でいいよなーとか勝手に僻《ひが》んでましたっ」

「は、……？」

何を言われたのか、一瞬判断に困った。三秒後、何となく察して雅巳は苦く笑う。

「いいよ。終わったことだし、残業の件は我慢してたおれが馬鹿だっただけだ」

（すごい世話になった人なんだ。ちょっと強引なところもあるけど、そこは面倒見のよさでもあるから。オレの顔立てて、できるだけ飲み込んであげてな）

思い出したのは、ここでのバイトの面接後に大宮から言われた台詞だ。だからこそ、入って早々に頼まれた「少々のこと」――十分二十分の時間外の手伝いにも応じた。

そういう意味で、「特別」に見えても無理はない部分もあったのだ。雅巳にとっては大宮の「恩人」への譲歩に過ぎないが、口に出さなければ周囲に伝わるわけもない。

「ええと、新しいバイトが決まったんならここは辞めるとか、ですか……？」

「いや？　ここのシフトが出た後であっちの時間決めるってことで許可貰ってるから」

「そ、うなんですか。その、新しいバイトって何なんです？」

窺うような問いに、雅巳は自分のロッカーに手をかける。手早く着替えながら言った。

「古本屋の店員。店主にはきつい力仕事とか、仕分けとかやってる」

「……それって平気っすか。その、いいように使われたり、してません……？」

「ないない。だって店主って八十代のお年寄りだよ。時間厳守で残業厳禁、サービスはもっとあり得ないって人だし、休憩しろって時々お茶淹《い》れてくれるしさ。あとおれ、本とか整理するの好きなんだ。仕事は全然苦にならないし買う時は割引つくし、売り物にならないヤツは好きなだけ貰えるしで、どっちかっていうと得しかないかな」

「えーと……前半は大賛成ですけど後半は俺にはわかんないっす……あ、さっきの時間外のことは他にも言っときますね！　ヤツらも誤解してるんでっ」

「大々的にやると店長が煩いかもなんで、ほどほどにな」

最後にとばかりにまたしても謝罪してきた相手に「もういいよ」と手を振って、雅巳は愛用の自転車に乗る。次のバイトの前に、行っておきたい場所があるのだ。

自転車で走ること約三十分後、目的の場所に辿りつく。白っぽい石で作られた鳥居の左右それぞれに、ぐるりと巻き付いているのは昇り龍と下り龍だ。立体的に造形されたそれは色付けすらないのに迫力満点だ。

「なのにぎょろ目が可愛いとか、思いっきり反則……」

写真を撮り肉眼でも堪能してから、横幅の広い階段を登っていく。境内は街中にしては広く、喧噪《けんそう》も遠くて静かだ。平日の午後ということもあってか、人影もごく少ない。

少し先にあるお社を眺めて、雅巳はゆっくりと深呼吸する。改めて見渡した周囲にはお地蔵さんや蛙《かえる》らしい石の置物に、小さな祠《ほこら》とその前の狛犬《こまいぬ》などが整然と並んでいる。さやりと過ぎていく風は秋めいて気持ちよく、静かさに気持ちがしんとしてきた。

特別信心深いわけではないが、神社仏閣の雰囲気が好きなのだ。中学の頃から目につけば出向いていたし、大学に入ってしばらくの間も足を運んでいた。

それが間遠になったのは、大宮とつきあい始めてからだ。一度誘ってみたものの「興味ない」の一言で終わったため、時間がある時にひとりでの楽しみになった――はずが、やっぱり思い出しもしなくなっていた。

「ああ勿体《もったい》ない……どうせならひとりででも行けばよかった」

神社や本はまだしも、期間限定の催しはそれこそ一期一会だったのに。

「まあ、自業自得だけどさあ」

賽銭箱《さいせんばこ》に小銭を入れ、鈴を振って柏手《かしわで》を打つ。もうこんな後悔はしないぞと宣言し、すっきりした気分で境内を見て回った。途中で目に入った奥の竹林に続く小道に足を向けてみる。数メートルを下る階段の先、目についた大きめの社を目指した。

「……あれ、」

竹林に囲まれた日陰だからか、社周辺はひんやりと涼しい。少し湿った足元に注意しながらひょいと中を覗いてみて、思わずそんな声が出た。とたん、内側の壁にかかっていた額を見上げていた人物が振り返る。

「センパイですか。奇遇ですね」

「ああ、うん。ええと……夏目って、こういうとこにも来るんだ……？」

「似合いませんか」

即答で突っ込まれて、つい頷いていた。まずかったと思っても後の祭りだが、どうせこの男には隠すだけ無駄だと思い直す。

「ちょっと意外かな。科学的根拠とか、論理寄りかと思ってた」

案の定と言っていいのか、夏目は面白そうに眼鏡の奥の目を細めた。

「個人的に好きなんです。謎の手がかりが見つかるかという期待もありますしね」

「なぞ。……きたい？」

それは何か、ここでオリエンテーション的なことでもやっているのか。胡乱に首を傾げた雅巳に、夏目は口の端を上げた笑みを向けてきた。

「実は僕、子どもの頃に神隠しに遭ったことがあるんです」

「……は？」

「祖父母が住む田舎で、大人と一緒に入った山で突然消えたとかで。一週間後に祖父母宅の裏手にある神社の、鍵のかかった社の中に座り込んでいるのが見つかったと聞きました」

「ちょ、」

「衣類にも身体にもダメージがなく、空腹でもなく。もっともたまたま社に入った人がいたから言えることで、下手したら餓死していた可能性もあったとか」

「おい、」

「発見された際に全然泣いていなかったとかで、かなり気味悪がられたそうですよ。未《いま》だにご近所で噂されてるらしいです。昔からその手の話が散見する地域なのに、それって理不尽だと思いませんか」

「いや待てそれ簡単に他人に言っていいことじゃないだろっ？」

幾度かの制止を無視されて、慌てて声を上げてしまった。そんな雅巳を興味深げに眺めて、夏目は薄く笑う。

「ちなみに僕本人はまったく記憶がありません。なので真偽も真相も藪《やぶ》の中です」

「……夏目、だからっ」

「嘘ですよ」

「は？」

不意打ちで言われて、瞬間反応できなかった。そんな雅巳を淡々と眺めて、夏目は言う。

「いえ、実は全部本当なんです」

「どっちだよ！」

「そこはセンパイのお好みをチョイスしていただければと」

「そんな大事な話でお好みチョイスって何だ」

言っても無駄な気がとてもするが、こればかりは看過できない。そんな気分で睨めつけると、夏目は少し意外そうにした。

「大事な話、ですか。どうしてそう思うんです？」

「だっておまえ、絶対嘘は言わないじゃん。——そういうしんどいっていうかきついことをさ、何かのついでみたいに言うのはやめた方がいいと、おれは思うけど」

「……——」

珍しいことに、夏目がふと黙った。やけにまじまじと雅巳を眺めてくる。

目を逸らしたら負けだと何故か勝負の気分になって、雅巳は目元に力を込める。睨みつける勢いで見返してやった。

「——センパイって、つくづく本当に」

言いかけて、ぶつ切りに黙る。それきり、じっと雅巳を眺めるばかりだ。

「つくづく本当に、何だよ」

「いえ。面白いと言いますか、興味深いサンプルだと」

「……だから人で遊ぶなっての」

これ以上は無駄かと、つい息を吐いていた。見れば夏目はすでに「いつもの顔」に戻っていて、このマイペースには呆れるのでなく感心すべきなのではないかと思えてきた。

夏目を避《よ》けて中に入り、お参りをすませる。ひとしきり社の中を見学した後は、何故か待っていた夏目と肩を並べて元来た階段を登ることになった。

「夏目はよくこういうとこに来るんだ？」

思いついて「行く予定リスト」に入っている神社名を口にすると、あっさり「一度行ったことがあります」と帰ってきた。

「ただ、時間がなく全部見られなかったので。機会があればもう一度と思っていますが」

「じゃあ一緒に行く？　実は今度知り合いから一緒にどうかって誘われててさ。別の大学のサークルなんだけど、専門の先生の案内つきツアーがあるって」

「センパイが行くからには部外者ＯＫなんですね？」

「むしろ大歓迎だって言われたな。朝早めに出て、ゆっくり回って夕方から夜に食事兼ねた飲み会やってお開きだって」

ずいぶん盛りだくさんなスケジュールだが、それも部外者参加が多いためなのだそうだ。ＯＢの参加率も高いとかで、わざわざ遠方から来る者もいるらしい。

「よろしいんですか？　僕はおそらく浮くと思いますが」

「夏目は浮いても絶対邪魔はしないじゃん。あと、ツアーだけの参加でもいいって」

あれだけじっくり眺めるほど好きなら、きっと参加すれば面白いんじゃないのか。そう思って付け加えたら、夏目はまたしてもじーっと雅巳を眺めてきた。

「……厭なら無理にとは言わないけど？」

「では参加で。追加でお願いなんですが、僕はこれでも人見知りなので、できれば参加中はセンパイとご一緒させていただければと」

「別にいいけどって、おまえ人見知りとかよく言う……あ、おれ自転車なんだった。夏目は」

「僕も自転車です。センパイ、これからバイトですよね？　ご一緒しますよ」

けろりと言った夏目が引き出した自転車は、雅巳が来た時にすでにあったものだ。妙にさまになる仕草でロックを外す後輩を眺めて、雅巳はつい目を細くする。

「またかよ。本気で皆勤じゃん」

今さらだが、バイト先の古書店は例の夏目の「紹介」だ。始めてから、今日でようやく一週間になる。

あれ以来、大宮とは「精神的にも」距離を置いた。常に本を持ち歩き、思考がそっちに流れたら即開くという手段に出てみたら、意外と簡単に実行できた。

――もちろん、それでも最初はスマートフォンが気になった。けれど、手が出そうになるたびに夏目の顔を思い出して引っ込めるというのを繰り返すうち、ふと気がついたのだ。

会いたくないのも関わりたくないのも大宮で、だったら雅巳にはどうしようもない。頻繁な連絡はむしろ相手を意地にさせている可能性が高く、だったら逆効果なだけだ。

納得したら、大きく気分が変わった。そこからは意図的に自分の楽しみや好奇心主体で行動し、大学では友人とのつきあいや講義に集中してみたら、それまで知らなかったことがいくつも見えてきた。

一番の収穫は、先ほど夏目に話した他大学のサークル部員との出会いだ。神社で出会った彼と意気投合し、解説に感動していたら活動に参加しないかと誘われた。聞けばそのサークルには非公式ながら専門家が顧問みたいな形で関わっていて、神社巡りの際にも由緒成り立ちのみならず、古い言い伝えや法螺《ほら》みたいな与太話も絡めて解説してくれるらしい。

……古書店のバイトを口実にしたけれど、レストランでのサービス残業を断ることができた最大の要因は「自分がそこまでする義理があるのか」という疑問に気づいたことだ。あの店長に恩義を感じているのも、それを返したいと思っているのも大宮であって雅巳ではない。だったら無理に言いなりにさせられるのは理不尽すぎる。自分を優先して過ごす心地よさを思い出してから、ようやくそう思い至った。

「サークルの方はどうするんです？　このまま欠席ですか」

「当面はその予定かな。まあ、今の感じだと自分の時間潰さないと参加できないんで、状況次第で辞めるかもだけど。夏目は？　そろそろ参加する？」

「検討中です。少々面倒になってきているので」

何が面倒なのかは知らないが、軽く頷く夏目は心底どうでもよさそうだ。ちなみに彼も雅巳と同じく、ハヤト先輩に「しばらく不参加」の断りを入れたと聞いている。

（あー……しょうがないか。まあ、その気になったらいつでもまた来いよな）

苦笑交じりにそう言ったハヤト先輩は、実は大学祭の手伝いを雅巳に頼みたかったらしい。それと聞いて迷った雅巳に「不参加ならいい、気にするな」と笑ってくれたのに甘えて、あれきり部室には行っていない。

大宮のことが気にならない、とは言わない。今でも好きだし、顔を見たいとも思う。けれど、前のように「どうしても」と思い詰めなくなったのだ。当時の自分の視野の狭さを思い知ってから、意識して周囲をよく見るよう心掛けている。

そうして思ったのは、あの時点でほぼ接点がなかった雅巳のことをほとんど完全に見透かしていた夏目という存在の不可思議さだ。

「不可思議も何も。細川センパイはわかりやすいですよ」

「いやナイだろ。落ち込んでるのはバレてるにしても、浩二とのことはさ」

「かなり露骨でしたが？」

「そう思うおまえが普通じゃない、とおれは思うけど？」

言い合う舞台は神社でも路上でもなく、バイト先の古書店だ。雅巳のバイト中に必ず顔を出す夏目は、店主によると頻繁にやってくるらしい。曰く、「日に一度なんて可愛いもんじゃない」んだとか。

仕事の合間の会話を終えた雅巳が次の指示に従って店の奥へと向かうと、先ほどと同じ場所——コンクリートの床にじかに座り込んだ夏目がじっと本を読んでいた。すぐ傍を通っても、手違いで音を立ててもまったく反応しない。

「すっごい集中力ですね。全然気づいてない」

カウンターに戻ってそう口にすると、指定席に座っていた店主は「まあね」と肩を竦めた。

「それが雇ってみたら全然仕事にならなくてねえ」

「あー……バイトに入ってもアレでしたか」

「押しても引いても叩いても動かないんだよね」

やれやれと首を振る店主——齢《よわい》八十を越えた老人は、トレードマークのハタキを揺らした。

クビのあげく再雇用ナシなのに後任の斡旋《あっせん》を頼まれた上で、また常連。聞いた時にはありえなさに目が点になったが、今となれば納得だ。本の扱い自体は丁重だし、店主曰くある程度の鑑定もできるらしいが、だから仕事になるとは限らない。

「あの銅像に賃金払いたくなくてねえ。慈善事業でもあるまいし」

「……ですよね」

当然かと頷いたら、「買い取り分のチェック頼むね」と仕事を振られた。店の一隅に積まれた段ボール箱へと向かう途中、先ほどと同じ体勢のままの夏目が目に入る。

玩具に夢中な子どもみたいだと、妙に微笑《ほほえ》ましくなった。そのあたり、合宿先での祭りで占いの代理を頼まれた時と同じだ。

何かに熱中する人を見ているのは好きだ。さほど興味がない映画サークルにいられたのも、まるで趣味が違う大宮の話を延々聞けたのも、それを見ていて「いいな」と思う性分によるところが大きい。

つい笑みをこぼしたタイミングで、夏目が突然顔を上げる。まともに目が合って、妙に狼狽《うろた》えた。

夏目はといえば何やらきょとんとした風情で、たぶん癖なのだろう仕草で眼鏡を押し上げる。「邪魔してごめん」と口パクで伝えると、わかったのかどうか小さく頷いた。それきり、またしても本に目を落とす。

（センパイって、つくづく本当に）

ふっと、神社での夏目の言葉を――数秒、無言でこちらを見つめた視線を思い出す。

……何も感じていない、わけではないのだろう。見ていただけで雅巳の状態に気づくなら、むしろ人の思惑には敏感なはずだ。それを、表情や態度に出さないだけ、で。

「うん、」

頷いて、雅巳は店の隅の作業スペースに置かれた段ボール箱を開く。ぎっしり詰まった本を順番に取り出し、ぱらぱらと開いて確認してから、傍にある台車の上に仕分けていった。

大宮が見たら地味だ根暗だ汚いと言いそうだが、雅巳はそうした地道な作業が結構好きだ。査定は下がると言うけれど、余白だとか表紙やカバー裏の落書きにもつい想像を巡らせてしまう。どんな人が手にとってどんなふうに扱われてきたのかと、考えるだけで楽しい。

閉店まで同じ場所にいた夏目を、慣れた様子の店主が追い立て店の外に出す。そろそろ馴染みになってきたその光景を見送っていると、今度は雅巳に声がかかった。

「もう時間だから上がりなー」

「え、でもまだこれ途中で」

「上から布かけて、台車ごと倉庫に突っ込んどけばいいよ。残業代出さないんだから余分な仕事はしないどくれ」

「さあさあ」とばかりに、追い立てられた。半端になった仕事に未練を残しつつ身支度と挨拶をすませて、雅巳は店を出る。とたん、待ち構えていたような声がかかった。

「センパイもすっかり馴染みましたねえ」

「は？　え、夏目まだいたんだ？」

「常連ですので」

「……いやそれ関係ないだろ」

雅巳の反論にも笑んだままの夏目は、それなりの大きさの紙袋を小脇にしている。この店の名前がプリントされたもので、つまり先ほど読んでいた本を買ったわけだ。

「……どうせ買うんだったら、帰って読めばいいのに」

「僕はここが好きなんです」

しらりと返った言葉に、つい頷いていた。

「わかる。おれもなんか好き」

「おや。同好の士ですね」

「それはちょっと遠慮したい」

眺める分には微笑ましいが、同類扱いされるのは心外だ。もっともアレが許されているのは夏目だけで、他の客がやると覿面《てきめん》に追い払われるが。理由は簡単で、店主曰く「ああなった時は絶対買って帰る」とのことだ。

「そういえば、最近大宮サンとはいかがです？」

自転車を引き出したところでふいに訊かれて、雅巳は瞬く。

「おれは連絡してないし、向こうからもない。……んだけど、さ」

「何があったかお訊きしても？　オプションで相談に乗りますし」

興味津々な顔に思うところがないとは言わないが、夏目のコレは純粋な好奇心でゴシップ趣味ではない。割り切って、雅巳は素直に息を吐く。

「あっちのバイト先に来る頻度が上がってる。そのくせ、おれのことは無視実行中。なのにわざわざ厨房近くまで来て露骨に顔背けて去っていく感じ？　ちなみに来るのはおれがシフトに入ってる時限定」

最後の情報はバイト仲間だけでなく、一部社員からも貰ったから確実だ。何がしたいんだと息を吐く雅巳をよそに、夏目は眼鏡のフレームに指を当てている。

「頻度が上がったとはどの程度でしょうか」

「前の時は十日に二回。連絡断った後は二日おきが二回で、その後はほぼ毎回。半分はリコ先輩といちゃついてて、残り半分はひとりでドリンクバーだけで帰ってる」

オーダー内容及び様子を教えてくれるのは、例の後輩バイトだ。もともと大宮は「店長と雅巳の知り合い」として知られていて、だから喧嘩中なのもバレている。

ちなみにこちらが訊いたのは一度だけだ。なのに、どういうわけだかあの後輩はバイトで一緒になるたびに雅巳不在中の状況を報告してくるようになった。

「センパイのシフトは曜日時間での固定はないんでしたよね」

「おれのシフトって他のバイトや社員さんの穴埋めが多いんだけど、最近はかなり時間がバラけてるから、誰かが情報流してるはず。可能性からいくと店長かも。おれの我が儘に手を焼いてるらしいから、浩二に何とかしろってせっついてたりして」

「我が儘とは？」

「サービス残業、いっさい受けなくなったのが気に入らないらしくてさ」

「ああ」

大宮とのことを相談するに当たり、雅巳のプライベートは夏目に対しほぼフルオープンだ。今の夏目はきっと、大宮以上に雅巳について詳しいに違いない。

「……そのバイト、続けるメリットはありますか」

「は？」

「デメリットの方が大きいようですし、辞めてしまってもいいのでは？」

意外すぎる言い分に、ついまじまじと夏目を見返してしまった。

「相談に乗ってアドバイスを」と口にする夏目は、そのくせ基本的に放任だ。言うことは言うが行動するかどうかは雅巳の自由、という態度を一貫して崩さないのが常だった、のだが。

「店主がセンパイを気に入ったようで、できればもっと時間と頻度を増やしたいと」

「おれ、何も言われてないよ？」

「先行のバイトの合間に、という前提ですからね。下手に自分が言うとセンパイが真面目に板挟みになるのでは、と気にしているようです」

つまり間のワンクッションとして、夏目に白羽の矢が立ったらしい。何でも「断られた時はなかったことにする」という先方の意思表示でもあるのだとか。

「ただのバイトにその気の遣い方は謎なんだけど」

「癖のある人なので、大抵のバイトは長続きしないそうですよ。下手を言ってセンパイに逃げられたくない、ということでしょう。あと、センパイの意思を縛りたくないとか」

「それはわかる。――案外似てるよな、店主さんと夏目」

言ったとたん、夏目が眼鏡の奥で目を細める。珍しく読みやすい表情は、露骨に厭そうだ。

「……尊敬する人ではありますが、同列にされるのはちょっと」

「何ソレ。尊敬するんだったら願ったりなのが普通じゃないの？」

揶揄まじりに言ってみたら、今度は夏目の眉が寄った。

「知識や教養や思索の深さと、人格が必ずしも一致するわけではないので」

「え、そうかな。いい人だと思うけど」

「……細川センパイ相手だとそうなんでしょうね」

「どういう意味だよ」

言い合いながら、結局分かれ道までお互い自転車を押して歩いてしまった。いったん足を止めた夏目に肩を竦めてみせて、雅巳は言う。

「バイトを増やす件、少し時間もらっていいかな。あと、返事はどっちにすればいい？」

「いったん保留で、その気になった時に意思表示でもいいそうですよ。――そうですね、いい返事なら店主に。そうでないなら僕に言ってください」

「了解、ありがとう」

何のかんの言って、夏目も悪い奴《やつ》ではないのだ。今まで知っていた認識を新たにして、雅巳は自転車に乗って去っていく後輩を見送る。

「あ、そだ。今夜は貰った本読むんだった」

リュックサックのポケットに突っ込んだ古本を、ふと思い出す。

雅巳が以前から好きだった作家が出した初期の本が、商品にならないとはねられた中にあったのだ。店主に願い出てみたらあっさりと、「持って行きな」と言われた。

夕飯と風呂をすませたら読書タイムだ。頬を緩めて、雅巳は自転車に跨《また》がった。

6

二日後、珍しくハヤト先輩からＳＮＳでメッセージが届いた。

午前の講義が終わった後、友人の江本《えもと》と昼食に行くタイミングで気がついてつい首を傾げていた。学生食堂の受け渡し口でトレイを受け取ると、江本に先に行くと声をかけて席につく。待つ間に確認すると、「今日か明日、どこかで少し時間が取れないか」とあった。

サークル以外では接点のない人だ。なので、なおさら怪訝な気分になる。

「……何。もしかして、ヤツから連絡？」

特別大盛りの定食を持ってきた江本が、隣にトレイを置きながら言う。「いや」と首を横に振りながら、思わず苦笑した。

「おまえ、やっぱり浩二は虫が好かない？」

「というより気に入らない。お近づきになりたくない」

素っ気なく言う江本と出会ったのは、この大学の入学試験日だ。緊張した彼が落とした筆入れを隣の席にいた雅巳が拾ったのがきっかけで、その後入学式で再会して友人になった。

ちなみに大宮と知り合ったのは、入学オリエンテーション最終日になる。

「ついでに本音を言っとくと、この機会におまえとの縁が切れるようひっそり祈ってる」

すっぱり断言する江本は、浩二とは壊滅的に馬が合わない。何しろ引き合わせたその場で見る間に険悪になったあげく、双方から「アイツとは二度と関わりたくない」と宣言された。

「――で？　ヤツに会いに行くんだ？」

「や、違うから。サークルの先輩からの呼び出しってだけ」

「は？　おまえ当分休むってわざわざ届けに行かなかったっけ」

「そうだけど、合宿の時とかよくしてもらったし。今日の午後なら大丈夫かなと」

「今日は写真展行くって約束したよな？」

とたんに拗ね顔になった江本に言われて、雅巳は苦笑する。

「今日だったら三コマ目の時間帯で、それが無理なら明日って指定しとくよ」

その通りをメッセージで送信し、江本を促して食事にかかる。その途中、「あのさあ」と珍しく迷うような声がした。

「必要性感じないし言いたくなかったし、頼まれもしなかったんで黙ってたけど。今日も含めて二度ほどおまえのこと訊かれたぞ」

「え？　何の話」

「ヤツが俺に探りを入れてきた。おまえの様子はどうなんだ、ってさ」

「……はい？」

予想外すぎて固まった雅巳をどう思ったのか、江本はふんと息を吐く。

「何の変わりもなく通常通り、って言っといたけど問題ある？」

「――浩二が、おまえに？」

「天変地異的すぎて、最初は俺も自分の五感を疑った。面倒だったんで、二度目はどんな顔してるかも見てない」

「そ、か」

辛うじて口を動かしながら、自分でも驚くくらい困惑した。

どうしてそうなる。直接言えばいいだろうに、わざわざ「天敵」扱いする相手に訊きに行くあたり、大宮の行動はどこか捩《ねじ》れていないか。

「会いに行くか、連絡する？」

「しない、かな」

「ふーん？　俺には好都合だけど珍しい」

「さすがに懲りたというか、こっちから折れるとまた繰り返すだろ」

江本の認識では、雅巳と大宮は「親友」だ。学内でも機会があれば一緒にいるし、互いの家の行き来もしょっちゅうな上に雅巳が大宮宅の家事に手を出しているのも知っている。

「いいんじゃないの。むしろ遅すぎ。だいたいおまえは相手に譲りすぎ」

「えー……」

その上で、以前から「そこまで世話されなきゃならないって、アイツ幼稚園児かよ」などと揶揄されていたのだ。今も、満足そうに頷いてる。

ランチを終える頃、先輩から「今日で頼む」との返信が届いた。おそらく配慮なのだろう、指定されたのは部室ではなく雅巳には馴染みの薄いカフェテリアだ。

午後一番の講義を受けた後、最後の講義がある江本と別れて移動する。五分前に着いたのに、すでにハヤト先輩は窓際の席で待っていた。

ミナ先輩の姿はなく、部長たちもいない。そうなると、さらに用件の予想がつかない。

「すみません、お待たせしました」

「まだ時間前だし気にするな。で、何飲む？」

言われてみれば、先輩の前には自動販売機の紙コップがあった。それならと数メートル先のそちらに顔を向けると、「俺が奢《おご》るから。何でもいいぞ」と言われる。

躊躇して見返して、けれどわかりやすく眉を下げた様子に気圧された。無難にコーヒーを頼んで、雅巳は促されるまま席につく。

湯気の立つ紙コップを雅巳の前に置き席についてからも、先輩はしばらく無言だった。ようやく「あのな」と口にしたかと思うと、それきり黙ってしまう。

「……あの。おれ、何か問題でも起こしました、か？」

「いや、本来細川には関係ないんだ。だからもちろん断ってくれていい、んだが」

さらに意味がわからず首を傾げたら、先輩が長い息を吐いた。ゆっくりと言う。

「おまえ最近、夏目と親しいのか？　構内でもよく一緒にいるって聞いたが」

「合宿前よりは、話す機会があります。ただ、親しいと言っていいかどうかは」

雅巳自身はだいぶ気安く感じているけれど、夏目がどう思っているかは不明だ。とはいえ、古書店でのバイトを入れてしまうと身近にいる時間が段違いに増えたのは事実だ。

「その、な。サークルの一部から、学祭で夏目に占い師をやってもらったらどうか、って意見が出てるんだ」

「……はい？　でも、サークルの出展内容はもう決まってますよね？」

それなりに歴史のあるサークルだけあって、「オススメ映画上映会三選」をやるのが恒例なのだ。誰もが知る古典名作と趣味に走りまくったB級作品と埋もれていた名作の三本立てを全日別メニューでやるという内容で、好きな者は本当に連日やってきて延々と観ていく。

各タイトルは例年部内及び構内自由参加アンケートを元に協議して決めるが、過去四年以内に選ばれたものは除外するというルールがあるため、今年もそれなりに難航した。

「ほぼ終わってるな。あとは準備して、当日に予定通り動くだけ」

「ですよね。それに夏目も二度目はいらないって言ってましたよ。第一その、頼みたいなら直接本人に言わないと」

「昨日のうちに直接本人に頼んで即答で断られた。まあ、それは予想内だったんだけどさ」

「本人が休部中、あと内容が個人的すぎ」という理由で、一昨日の部会で提案が出た時点で却下したのだそうだ。せめて本人に当たるべきだと言われたため一応の確認を経て、昨日そのために集まっていた部員たちにやはり「無し」だと部長が伝えた、のだが。

「賛同者が増殖してたんだよな。女の子の、ほぼ三分の二くらい？　一部だけ視てもらってるのは不公平とか、そのくらいやってくれてもいいじゃないかとか」

「あれ、でも夏目って交換条件つきなら視てくれます、よね」

「合宿直後のミーティングから三日間だけな。以降は『面倒だし興味がない』で全部却下だ。受けておいて交換条件に従わないとか、条件なしで視ろってしつこくされて懲りたらしい。それでも諦めきれない面々が、細川に目をつけたわけだ。最近仲がいいし夏目は細川には愛想がいいから、細川経由ならどうにかなるんじゃないか、と」

「昨日のミーティングでそういう結論になった、わけですか」

「だから悪かったたって。あー、ケーキでも食うか。奢るぞ？」

「いえ、コーヒーだけで十分です、けど……？」

その言い方だと、説得する気がないのか。怪訝に思ったのが伝わったらしく、先輩はわざとのように眉を上げた。

「どうか説得してくださいってオレが頭下げたらどうにかなる？」

「無理です。それで夏目を懐柔できるとは思えないですし、本人が厭がってたなら協力できません。その、おれが自分でできることならやるんです、けど」

考え考え口にした雅巳に、先輩は重々しく頷く。

「だよなあ。だったらもう諦めて完結するしかないだろ」

「完結。……できます？　それ」

「できるできないじゃないな」

ず、と音を立ててコップの中身を啜《すす》る先輩は、いつになくやさぐれているようだ。無理もないと同情していると、不意に別の声が割って入る。

「そういう話であれば、僕は退部させていただいて構いませんが」

「え」

「おわっ」

驚いたのはほとんど同時だ。のけぞって目をやった先にはいつの間にか夏目がいて、少し呆れたような物言いたげな顔でじっと雅巳を見ている。

「は？　え、退部って、でも」

「事が収まるまで、まだ時間がかかりそうですし。学祭まで追い回されるのもぞっとしませんし、だったら僕が辞めるのが一番手っ取り早いかと」

「待て、夏目がそこまでする必要はないだろ」

ついていけない雅巳をよそに、先輩が夏目に言う。けれど、夏目は彼には珍しい尖った目で見返すばかりだ。

「在籍していたところで面倒なだけですので。今後、また起きないとも限りませんし」

「だから待てって。問題なのは夏目じゃなく、暴走してる女の子たちだろ」

「……よく仰いますね？　細川センパイまで巻き込んでおいて」

いつも平淡な夏目の声が、ふいに低くなる。初めて聞いた響きに、瞬いて目を向けたものの、夏目は先輩を見据えたままだ。

「だから悪かったって……とにかく収拾がつかなかったんだよ。個人的な占いについてはサークルは関知しないし、学祭で云々《うんぬん》もおまえから断られてる以上細川に言っても無駄だ。その前提で、一応訊いてみることになっただけで」

は、と息を吐く先輩の様子に、ミーティングの模様が何となく見えた気がした。

サークルに一年半所属してきて、何度かは目にした光景だ。よく言えば積極性や自主性が高いが、悪く言えば我が強く聞き分けがない。そういう学生は確かにいて、幹部たちもなかなか苦労している様子だった。

「それで終わると思いますか」

「要望には応じてるからな。おまえに群がってた連中の言動はオレも部長も知ってるし、やりすぎだって注意も入れた。最近は沈静化してただろ？」

「一昨日あたりから再燃したようですが」

「提案が出た日だからだろ。悪かったな、できれば訊かずに終わらせたかったんだが」

息を吐くハヤト先輩とは対照的に、夏目の表情は尖ったままだ。

「終わるも終わらないも、このままでは当分引き摺《ず》るのでは？」

「学祭が終われば収まるだろ。どうしても辞めたいなら仕方がないが、そうでないならもう少し様子見してくれ。夏目は今の態度を徹底してくれたらいい。――悪いが細川も、もうしばらく休んだ方がよさそうだ」

「あ、……おれはどのみち当事者じゃないんで。困るのも、大変なのも夏目と先輩たちで」

「細川あ」

本音をぽろりとこぼしたら、どういうわけかハヤト先輩に感動したように見られた。あげく、テーブル越しに身を乗り出してぐりぐりと頭を撫でられる。

「うわ、」

「おまえ本当にいい奴だなあ。気が向いたらいつでも来いよー……って、おい夏目」

頭を撫で回される感触が、唐突に消える。前後して、いきなり肩ごと背後に引っ張られた。

え、と思う間に、ぐるりと回った腕に肩から首を拘束される——いや、抱き込まれる。

「いかに先輩でも、子ども扱いは失礼なのでは？」

「は？　あんなの親愛の情だろ……って、おまえこそ何やってんだよ。ああ、そこまで仲良くなってんのか」

納得顔で先輩が頷く。何度か瞬いて、ふと動いた手で胸元に回った腕に触れてみた。その後で、「え、これ誰の」と思う。考える前に首を捻るように背後を振り仰いで、

「……——」

きょとんとした顔で見下ろしている夏目と、やけに近い距離で目が合った。

無言で見合うこと三秒後、瞬いた夏目の口が動く。声がない代わりのように、緩やかに腕を離した。いつもの仕草で眼鏡の縁を軽く押し上げる。

「失礼しました。つい」

「あ、うん。別にいい、けど……？」

どちらかと言えば、夏目の一連の言動の方が気になった。それでついじっと見つめていると、珍しく困ったように視線を逸らされる。

「おーい。取り込み中だけど、オレもうここ出るぞ。悪いがバイトが入ってるんだ」

「あ、はい。こちらこそ、すみません」

慌てて正面に目を向けた時にはもう、先輩は席を立ってバッグを肩にかけていた。わずかに苦笑し、思い出したように言う。

「細川が謝ることじゃないって。あと、この件で何か言われても遠慮なく断れよ。しつこいようならオレでも部長でも言ってきてくれていいから」

「ありがとうございます」

「その必要がないよう手配いただけるのを期待しています」

素直に頷いた雅巳とは対照的に、夏目の声音は少々挑発気味だ。そのせいか、先輩は何とも微妙な顔で手を上げて離れていく。

見送って息を吐いて、そういえばと思い出す。見上げた壁の時計はすでに最後の講義が終わっている時刻で、慌てて腰を浮かせた。

「センパイ」

「ん？　ああ、ごめんな。っていうか、ありがとうな。誰かから聞いたかして、わざわざここまで来てくれたんだろ？」

「部長から少々。すみません、僕のことでご迷惑をおかけしました」

言うなり、頭を下げられた。いつも見上げるばかりの頭を見下ろして、雅巳はきょとんとする。

「は？　え、何でおまえが謝ってんの」

「……僕のせいで呼び出されたのでは？」

「違うだろ。むしろおまえは被害者じゃん。視て欲しければ交換条件に応じればよかっただけだし、実際それでミナ先輩もおれも視てもらってるわけだし」

つらっと返した雅巳に、夏目は微妙な顔で瞬く。ぽそりと言った。

「最近は話を聞く前に却下していますが」

「それの何が問題？　仕事やバイトじゃあるまいし、視るも視ないもおまえの自由だろ。他人がどうこう言うことじゃないし、断られたのを数に頼んで押しつけてくるのがおかしい」

最初は夏目の性格が悪いと思ったし、言われようにむっとした。けれど当時の夏目にとって、雅巳は同じサークルにいる先輩に過ぎなかったのだ。それだけでしかない相手の要望を、どうして一方的に飲まねばならないのか。――そこまで考えて、ふっと気がついた。

「そっか、あの店長とやり口が一緒なんだ。……あ、レストランの方な」

怪訝な顔をした夏目に訂正を入れて、なるほどと何度か頷く。店長のアレは雇用関係を盾に取ったゴリ押しで、今回のアレは多数決の暴力だ。ある意味、とてもよく似ている。

「だから気にすんなって。それとさ、さっき来てたのがハヤト先輩だったのって、配慮の上での人選だと思うよ」

「配慮、とは？」

「おれに頷かせるつもりなら、部長や他の幹部も揃って来ると思うんだ。それだとおれ、断るのにすごく苦労すると思う。下手したら押し切られるかも」

そのくらい、あの先輩たちは承知しているはずだ。納得して頷く雅巳に、夏目が息を吐く。

「断るのは決定事項なんですね……」

「だって理不尽だし腹立つじゃん」

「ですが僕のことです。センパイは巻き込まれただけで、本来なら無関係……」

「だから何。おれが厭なんだから仕方ないだろ」

思わず唇を尖らせたタイミングで、「細川？」と呼ぶ声がした。振り返った先に江本を認めて今度こそ腰を上げた。

「ごめん、今行く！　――じゃあおれ、これから用があるから。またバイト先でな」

黙ったままの夏目が気になって、リュックサックを手にひょいと顔を覗き込んでみた。我に返ったように瞬く彼が珍しくて、雅巳はつい笑ってしまう。「じゃあな」と声をかけたついでに目の前の肩を叩くと、返事を待たずカフェテリアの入り口で待つ友人の元へと急ぐ。

最後に目にした夏目の、途方に暮れたような顔が妙に新鮮に脳裏に残った。

7

予想外とまでは言わないが、唐突すぎる。

明け方の突然の連絡で入ることになった早朝から昼までのレストランでの臨時バイトの後、またしても押しつけられそうになった残業を振り切り、適当に昼食を終えて向かった大学の門を遠目にして、雅巳は思わず自転車を停めた。

いつも雅巳が使う門のすぐ横に、大宮が立っていたからだ。やや遠目にも不機嫌そうな顔で門柱に寄りかかり、手持ち無沙汰そうに足元を蹴っている。

今日の大宮の講義は朝から午後までびっしりだ。なのに、どうして今あそこにいるのか。

……まるで、午後からの講義しかない雅巳を待っているみたいに。

すぐさま駆け寄りたくなって、寸前で思いとどまった。

(もしだけどさ、浩二が直接声かけてきたらどうすればいい?)

数日前、大宮に話しかけられたと友人から聞かされた後で訊いてみたら、夏目はとても懐疑的な顔をした。

(以前の繰り返しにならないよう、きちんと話し合って折り合いをつけてください。あえて言うなら、絶対にセンパイからは折れない方がいいかと。……実際にできるかどうかは、

甚《はなは》だ微妙な気がしますが）

（何だよそれ。どういう意味？）

バイト先の、古書店でのことだ。思わず顔を顰めた雅巳をじっと見つめて、夏目は手にしていた本を閉じる。もちろん、栞《しおり》代わりの指はページに挟んだままだ。

（……実は僕がここに来た時、向かいの喫茶店に大宮サンが入っていくのを見かけまして。連れもない上、しきりにこの店を気にする様子だったんですが）

（え。浩二来てんの⁉　向かい⁉）

即座に踵《きびす》を返したら、肘を摑まれ引き戻された。むっとして振り返った先、夏目は例の眼鏡を押し上げる仕草で不機嫌そうに――呆れたように言ったのだ。

（そうやって飛び出すようでは、速効で折れそうですね。結果、元の木阿弥《もくあみ》になる、と。……そろそろ自覚していただけませんか）

嵌められたとは思ったけれど、内容は思い切り図星だ。渋い気分で「気をつける」と言ってみたものの、夏目は最後まで疑うような顔を崩さなかった――。

「あそこにいるからって、おれを待ってるとは限らない。……よな」

思い込んで近づいてきれいに無視されたのも、二度や三度ではなかった。やっと大宮がこちらを気にかける素振りを見せてくれたところでやらかしたら、「元の木阿弥」になりかねない。思い直して、改めて頭が冷えた。

とはいえ時刻はそろそろギリギリだ。今からの講義は担当講師が時間に厳しく、一分一秒の遅刻でも講義室に入れてもらえない。つまり、別の門に回る猶予はもうない。

腹を括《くく》り、素知らぬ顔でペダルを踏んでまっすぐに門へと向かう。「雅巳」と呼ぶ声にも目を向けずにいると、いきなり自転車の前に大宮が飛び出してきた。

慌ててブレーキを握ったのと、ハンドルを摑まれたのがほぼ同時だった。辛うじて停まったことに安堵し肩で息を吐いていると、もう一度大宮に名前を呼ばれる。のろりと顔を上げた先、顰めっ面の恋人と目が合った。

「なあ。……まだ怒ってんの？」

「怒ってんのはそっちだろ。当分近寄るなって言ったのも、大学で避けまくってたのも」

「そ、れはそうだけど、さあ」

煮え切らない声が、いつになく弱っている。拗ねたような顔で、困ったように肩を縮める様子は、悪戯《いたずら》をして叱られる寸前の大型犬のようだ。見えない尻尾《しっぽ》があったらきっと、後ろ足の間に入り込んでいるに違いない。

「おまえ、いきなり連絡してこなくなったし」

「電話にもメールにも反応がなくて、ＳＮＳは未読で放置したのは浩二の方だよ。それで連絡しても意味ないだろ。気がすむまでは無視するつもりだったんだろうし？」

「う、……それ、は」

背中を丸め、器用にも上目に見下ろしてくる大宮のイメージは、「反省した」というより「虐《いじ》められた」だ。そこが狡いといつも思うのに、困ったことに雅巳はこの男のそこに弱い。

「――で？　喧嘩はもう終わりってことでいいんだ？」

息を吐いて言ったとたん、大宮は喜色満面で「うんっ」と頷いた。相変わらずの現金さに内心で苦笑しながら、雅巳はわざと真面目な顔を作る。

「わかった。けどおれ、これから講義だから時間切れ。浩二もだろ、早く行かないと」

「えええ。いいじゃん、せっかく仲直りしたんだし今日くらい休んだってさあ」

「好きな講義だから無理。――夕飯は何がいい？」

「……っ、チキン南蛮っ」

聞き分けがない時のための常套句《じょうとうく》を口にしたとたん、大宮は小学生よろしく期待に満ちた顔で挙手をした。それへ、雅巳は重々しく頷いてみせる。

「わかった。ああ、でもおれ今日は午後から夜までのバイトがあるんで、そっちのアパートに行くのは九時近くなると思う。それまで待てる？」

「は？　え、バイトってでも今日は」

「当日いきなり休むとか無理だから。あと、買い物もしないとだし」

言い合いする余裕がない時は、畳みかけるように言うのが一番だ。案の定、大宮はむくれ顔で渋々と頷いている。

「う、……わかった。まあオレも八時まではバイトだし。ああ、じゃあ車で迎えに……って、ごめんウチは駄目だ。しょうがない、雅巳んとこで」

「また散らかしてるんだ？　今回長かったし、足の踏み場なし？」

う、と言ったきり黙ったあたり、図星らしい。筋金入りの炊事音痴に掃除嫌い片付け不得手ともなれば当然だ。それでよく独り暮らしする気になったものだと、改めて感心した。

「だったら余計浩二んちの方がいいよ。片付けも手伝うってことで、バイト上がりにいったん帰ってから、いつものスーパーまで車で迎えに来てくれる？」

「う、あー……わかった」

大宮宅の冷蔵庫の中身はきっと全滅だ。そこを埋める買い物を自転車で運ぶのはきつい。

渋々頷いた大宮と別れて、超特急で講義に向かう。開始三十秒前に席に滑り込めたのは奇跡だ。ほぼ同時に講師が入ってきたため、隣の江本とは講義終わりまで話す機会がなかった。

「えらくギリギリだったけど、もしかしてまた残業頼まれた？」

「うん。講義があるからって言っても人手が足りない、一回くらい休んでも大したことないだろうってしつこく言われた」

「何だそれ。そもそも今朝のバイト自体、急な穴埋めだったのに？」

「……よっぽど便利に使えると思われてた、ってことだろ。忌引きと急病で社員とバイトが休みとなると、どうしたって手が回らないし」

本来の雅巳の予定は先ほどの講義と古書店のバイトがあるだけで、午前中はまるまるフリーだったのだ。せっかくだから早起きして少し遠い神社に行くつもりだったのに、明け方のいきなりの電話で一方的に呼び出された。もちろん、例のレストランの店長にだ。

面と向かっていれば断って終わりにできるが、「一時間後からのシフトなんでよろしく」で通話を切られ、以降連絡がつかないとなると無視するのは難しい。もともと手薄な時間帯で、ひとりでも休んだらかなりきついと知っていればなおさらだ。

「そんなん、店長本人がどうにかすりゃいいんじゃね？」

「店長もシフトに入ってたからさ。だから残業で仕事手伝わせたかったんじゃないの」

はあ、と息を吐いて雅巳は冷たいデスクに頰をつける。憤慨していた江本は、その様子を眺めて微妙な顔をした。

「ご愁傷さま。よく振り切ったな」

「だって講義休みたくないし。この後もバイトだしで保たないだろ。――そんでさっき、門のところで待っててさ。話して、約束とかしてたんでギリギリに」

「約束。……つまりアレと仲直りしたわけか」

ぱちりと瞬いて言った江本は、諦観という言葉を体現するような顔でこちらを見た。

「んじゃまあ、アレといる時は俺に近づかないようよろしく。でさ、現実問題としておまえ、その疲れようでこの後バイトできんの？」

「急に休むとあっちの店主が困るから。――さて行くか、なっ」

ちなみに店主とは古書店の主の方だ。どっちも店長呼びするとこんがらがるので、夏目に倣ってそう呼ぶことにした。

勢いをつけて身を起こし、まとめていたノートや本をリュックサックに詰めていく。渡り廊下まで一緒だった江本は、これから大学祭の出展の件でサークルの集まりがあるという。

「ああそっか、もうじき学祭だっけ」

今年はサークルを抜けているし、他にやることが山ほどあったからかすっかり忘れていた。

思わずつぶやいた雅巳に、江本は首を竦めてみせる。

「それもいいんじゃね？　おまえ、去年はずっと代理当番やっててろくに遊んでないし。アレ抜きなら回るのつきあってやるよ。――あと、余計なことかもしれないけど、バイト先の店長、いくら何でもあり得ないし本気で考え直した方がいいと思うぞ」

「おれもそう思う。参考にする」

最後の最後に渋い顔で言った江本と別れて、雅巳は自転車で大学を出た。途中のコンビニエンスストアで買ったシリアルバーを齧《かじ》りながら、もうすっかり慣れた道を急ぐ。

古書店の店主は、挨拶をした雅巳を見るなりわずかに眉を寄せた。

「おう。支度して、一杯飲んで動け」

「あー……はい。ありがとうございます」

寝不足と、六時間労働とその後の無意味な攻防が、どうやら顔に出ていたらしい。お仕着せのエプロンを着てカウンターに戻ると、温かい昆布茶が待っていた。

店主のこういうところと、そもそも仕事が好きなことと、きっぱり残業ナシでなかったら、きっと挫《くじ》けたに違いない。そのくらい、今日は仕事がきつかった。そのせいか、店が閉まって帰りの挨拶をする時まで「そのこと」に気づかなかった。

「あれ？　今日、夏目は来ませんでしたね」

「開店前から待ち構えて、昼過ぎまで居座ったぞ。ありゃ病気だからな」

「えー……まあ、でも日に何度も来ますもんね」

ふん、と鼻で息を吐いた店主と、何となく笑い合った。

「それはそうとおまえ、とっとと帰って寝ろよ。何なら夕飯うちで食っていくか？」

「ありがとうございます。でもこれからまだ約束があるんで」

「あ？　何言ってんだ、そんなもん断って帰れ。そんで寝ろ」

説教めいた声に曖昧に応じ、店を出るなり馴染みのスーパーに急ぐ。買い物を終えて待ち合わせ場所に立つ頃には、全身がずんと重くなっていた。

「この後浩二んちに行って夕飯作って片付けと部屋の掃除……うわあ」

安請け合いするんじゃなかった、と思ったところで今さらだ。せめて早くと目を凝らしたものの、待っても待っても見慣れた車は来ない。

連絡した方がいいかと思い始めた頃になって、ようやく大宮の車がやってきた。内側から開いた助手席ドアに手をかけながら、つい「遅いよ」と文句が出る。

「悪かったって、車取りに行ったついでにちょっと片付けてたんだよ」

「浩二が？　え、何それどういう風の吹き回し？」

「気持ちはわかるけどさあ、そこまで言う？」

言い合っていれば、大宮のアパートまではすぐだ。久しぶりの外階段を登って廊下の突き当たり、二階の角部屋は、ある意味予想通り——玄関を入った時点で見事に散らかっていた。

「これのどこを片付けたんだって？」

「いやその、やったんだけどさあ」

気まずそうにする大宮に苦笑して、雅巳は下駄箱からスリッパを引っ張り出す。ゴミはゴミ袋に、それ以外は大雑把に置き場を決めて分類していくと、ひとまずキッチンは動けるようになった。その流れでテーブルの上を片付けているうち、視線に気づいて顔を顰める。

「眺めてないでゴミくらい集めろって」

壁に凭れて立つ大宮が、やたらにやつきながらこちらを見ていたのだ。ゆるゆるな顔で、本当に嬉しそうに言う。

「いや、何かこれ、新婚っぽくない？」

「夕食はいらないと。夜食だったら日付が変わってからでいいよね」

「ちょ、オレ本気で腹減ってんだって」

「おれもだよ。けどひとりでコレやってると間違いなくそうなる。あと、時間足りないから夕食は焼きそばな。チキン南蛮はまた今度」

「えー……」

拗ね顔になった大宮に背を向けて、雅巳はシンク前に立った。買い物袋の中身を取り出しながら、振り返らずに言う。

「浩二は部屋の片付けな。ひとまずゴミ拾って袋に突っ込んでって」

「オレひとりでえ？」

「……やっぱ夕食じゃなく夜食か」

「いやいや、すぐやるからっ」

時刻はもう二十二時近い。明日も大学で、だったらそうのんびりする時間もない。隣を片付けているらしい物音をBGMにざっと洗ったキャベツとピーマンをざく切りしていたら、唐突に背中に弾力のある体温がくっついてきた。

「ちょ、いきなりは駄目だって。包丁使ってんのにっ」

大宮だ。背後から抱きつかれるのは毎度のことだが、さすがに困ると抗議する。なのに、返ってきたのはやけに嬉しそうな声音ばかりだ。

「や、雅巳がいるーと思ってさ」

「はあ？　何それちょ、いやだから包丁……っ」

抗議の声も抵抗も、首すじに埋まってきた体温で封じられた。くん、と鼻を鳴らす音と肌に当たる吐息に、背すじから腰のあたりがぞわりとする。それと気づいたのか、含み笑いとともに顎を取られ、唇を齧られた。二度、三度と重なって、上唇を吸って離れていく。

「いー匂い。やっぱ雅巳が一番だあ」

「……だから、おまえおれをどこで識別してんの」

これだから、つい大型犬扱いしたくなるのだ。結局それ以上咎めることもできず、背中に大宮をくっつけたままで調理する羽目になった。

ギリギリまで「チキン南蛮……」とぼやいていた大宮は、けれどゆうに二人前の焼きそばを平らげた。「美味しかったー」と腹を撫でる様子に、つい頬が緩んでしまう。

「それやってるとオッサンに見えるぞ」

「え、マジ？　じゃあやめとく」

嬉しそうに言う大宮は、ひとまず満足したらしい。それを確かめて、おもむろに言った。

「あのさ。この時間だけど、ちょっと話いいかな」

「んー？　いいけど急ぎ？」

「急ぎっていうか、はっきりさせておきたいことがあってさ。――リコ先輩の件だけど」

口にしたとたん、大宮は顔を顰めた。ついさっきまでの上機嫌が薄れて、わかりやすく厭そうな顔をする。

「それ、もういいだろ。終わったことなんだし、蒸し返しても意味ないじゃん」

「ストーカーが見つかるか、捕まるかしたってこと？」

「まだ、っていうかむしろ執拗《しつよう》になってるみたいで、すげえ神経尖らせてる。捕まえるったって簡単にはいかないだろ」

「つまり連絡来たらまた行くんだ？　今すぐでも、おれとの約束とか全部放置か後回しで？」

「……雅巳さあ」

軽い音を立てて、大宮がテーブルに肘をつく。それへ、あえて淡々と言った。

「だったら結局は何も変わらないよな。同じことがあったらすぐ、元の木阿弥」

「だからそれは仕方ないじゃん。他にどうしようもなくて、オレを頼ってきてるんだぞ？　無視も放置も論外だろ。それとも雅巳はオレにそうして欲しいわけ。今の今、ストーカーにつけ回されて助けを求めてる人にデート中なんで無理です行けません、とか言えって？」

「――それ、は」

「オレだって、雅巳には悪いことしてると思ってるよ。自分が損してるのも、いいように利用されてることもわかってる。けど、放っておけないんだから仕方ないだろ」

じ、とこちらを見る大宮の顔は、いつになく真面目だ。だからこそ、追い詰められていくような心地になった。

「オレのそういうところが長所だって言ったの、雅巳だよ。他人が何言おうが関係ない、気にせずオレらしく思うようにすればいいって」

「……――」

「それでオレ、すごく安心したんだ。誰が何を言おうがオレには雅巳がいる、雅巳はちゃんとオレを見てくれてる、だから大丈夫だって。――もう忘れた？」

静かな問いに、雅巳はどうにか首を横に振る。

全部、その通りだ。けれどそれでも、いつでも当たり前のように二の次三の次にされるのは厭だった。特にリコ先輩は露骨に雅巳に当てつけるように大宮の隣に居座るし、大宮もそれを当然みたいに受け入れ優先する、から。

けれど――だからといって彼女を見捨てればいいとは言えないし、言いたくもない。

「それがオレだよ。それじゃ駄目なのか？」

そう、それが大宮だ。お人好《ひとよ》しで断るのが苦手で、ちょっと抜けていて少しだらしがない。見ていてむかつくこともいい加減にしろと思うことも多いのに、やっぱり好きだから放っておけない。

「雅巳？」

「……駄目じゃない、よ」

辛うじて、そう口にした。とたんに満面の笑みを浮かべた恋人にどうにか笑って返しながら、雅巳は確かにそうだったと再確認する。

――そのくせ、気持ちのどこかに爪の付け根が逆剝《さかむ》けたような痛みを感じた。


「なあ、今週の日曜休みだろ？　今度こそドライブしようぜ」

「あー……ごめん、その日はもう予定があるんだ」

仲直りの翌朝は、久しぶりに一緒に朝食を摂った。

もちろんお泊まりだ。もっとも中途半端に散らかった部屋でどうこうという気分にはなれなかったのはお互いさまだったようで、恋人らしいことと言ってもキスをしたくらいだ。

――雅巳としてはそれ以外にも、少々気になることがあったのだが。

「は？　予定って何。誰と会うんだよ」

いきなり声を低くした大宮に、雅巳は瞬く。味噌汁をゆっくり飲み込んでから言った。

「神社巡りのツアーに参加するんだ。最近知り合った他校生に誘われてさ」

「神社ぁ？　また辛気くさい……オレは行かねえぞ？」

「無理に連れて行こうとも思ってないよ。第一、事前申し込みしないと参加できないし」

端的に返すと、どういうわけか大宮は余計に顔を顰めた。行儀悪く、頰杖をついて言う。

「あのさあ、オレと雅巳の都合がつく日ってそう多くないんだけど？」

「それは仕方ないよね。講義はサボれないしバイトも簡単に休むわけにはいかないし」

「じゃなくて、それキャンセルすればいいじゃん。また次の機会にってことでさ」

当然のように言われて、つい眉を顰めていた。

「専門家の解説つきツアーがいつでもあるわけないだろ。それに、もう会費も払ってるから」

「払い戻し頼めばいい。どうせ学生イベントだし、期待するほどのもんじゃねえって」

「浩二」

さすがに聞き流せず短く咎めた雅巳に、大宮はわかりやすく拗ね顔を見せる。じ、と上目遣いに見つめられて、雅巳は意識して目に力を込めた。

「ずっと楽しみにしてたんだからキャンセルはしない。それに、あっちの約束の方が先だよ」

「……オレといるより神社巡りの方が楽しいとでも？」

「そういう言い方はないだろ。そりゃ、せっかくの休みにいないのは悪いと思うけど」

罪悪感を覚えたものの、これぱかりは譲れなかった。それが意外だったのか、大宮は鼻の頭に皺を寄せて黙ってしまった。

大宮リクエストの和の朝食は、ごはんは炊きたてで味噌汁も作ったばかりだ。さっきまで美味しかったのに、急に味が薄くなった気がした。

「――浩二は、今日もバイトだっけ」

「雅巳は休みだよな。オレ、今日は七時には帰るから。チキン南蛮、楽しみにしてる」

「もちろん作るけど、おれの帰りって昨日と同じくらいになるよ。あ、でも一応下拵《したごしら》えはしたから、帰って三十分も待たせないと思う」

「は？　何だそれ、誰かと約束でもしてんのか？」

せっかく落ち着いたと思った大宮の声が、またしても尖った。じろ、とこちらを見る目が険しさを含んだことを知って、今さらに思い出す。そういえば、大宮には古書店のバイトのことを話していなかった。

「そうじゃなくて、新しくバイト始めたんだ。知り合いの紹介で、古本屋の雑用みたいなの」

「何で」

「は？　何でって」

即答の問いに瞬いた雅巳に、大宮は露骨な渋面で言う。

「バイトならオレが紹介したのがあるじゃん。あそこならオレとも知り合いだし、行き帰りも一緒できるってことで始めたんだよな？　なのに何でわざわざ」

「レストランのバイトも続けてるし、シフトに支障がないようにしてるよ。古本屋の店主さんもいい人だし、おれも仕事してて楽しいから」

「レストランの残業拒否ってんのはそのせいか！　オレ、こないだ先輩から苦情言われたぞ。雅巳が全然協力しなくて困ってるって」

責めるような声音に、つい顔を顰めていた。鏡みたいに似たような表情になった大宮を、まっすぐ見据えて言う。

「その残業って完全なサービスなんだけど？　させるだけさせるくせ、タイムカードは勝手に定時で打刻されてんの。そんなのに二時間も三時間もつきあえって？」

「は？　サービス……？」

「最初の頃は五分十分だったからいいけどさ。こないだなんか深夜から朝までのシフトの後で、二時間もタダ働きさせられたよ。ふたコマ目から夕方まで講義だったから、徹夜でフラフラのまんま大学に行ったんだ。……で？　何でおれがそこまでしなきゃならないわけ」

大宮は、ぱかっと口を開けたままだ。放置して朝食に戻ると、ややあってぽそりと言う。

「……マジか」

「おれが嘘言う理由も、必要性もないと思うけど」

「ああ、いやそのごめん！　でもさ、先輩も人手不足でカリカリしてただけで、悪意はないと思うんだ。だから、っていうかそうだ、だったらそれこそ古本屋のバイトなんか辞めた方がいいんじゃねえの？　おまえの身体が保たないし、オレと会う時間もなくなるじゃん。おまえずっとサークルにも出てこないし、だから全然顔も見られなくてさ」

一方的にしか聞こえない言い分に、思わず眉が寄った。そんな雅巳に気づいたのだろう、身を乗り出すようにして続ける。

「やっと仲直りできたんじゃん。楽しみにしてたのにさあ、一緒にいる時間も遊びに行く暇もないとか、いくら何でも寂しいだろ？　何でオレに相談してくれなかったんだよ」

「……――」

最後に顔を合わせたサークルミーティングで、ものの見事に無視してくれたのはどこの誰だ。喉元まで出てきた言葉を、雅巳はどうにか飲み込んだ。せっかく仲直りしたところに「終わったこと」を蒸し返しても、ろくなことにならない。

「大学で忙しそうだったのも、オレに連絡なかったのもそのバイトのせいなんだな。なあ、そこまで無理しなくていいって。辞めづらいんだったらオレが話つけに行ってやるし」

「だから辞める気はないって言ってるだろ。好きな仕事なんだって」

「オレよりも？」

即答の問いに、それこそ返事に詰まった。

そういう話じゃないだろうとか、どうしてそうなるとか。言いたいことはたくさんあるけれど、口に出してもたぶん無駄だ。こういう時の大宮は譲ってはくれない。

だからといって、頷いたら最後だ。ぐっと奥歯を噛んで見返していると、大宮はとてもわかりやすく困った顔をした。短いため息とともに言う。

「……じゃあさ、せめて時間と日にちを減らせよ。そのくらいいいだろ？」

「浩二」

「オレだって折れたんだ。雅巳も、少しは譲歩してくれていいだろ」

押し込むように言われてしまうと、頷く以外どうしようもなかった。その流れで、雅巳は当分ここ大宮宅で暮らすことに決められてしまう。

「おまえさあ、前にそういうのはプライバシーがないから厭だって言って」

「その時はその時、今は今。今のオレは雅巳欠乏症なの！」

大学に行くため玄関先で靴を履きながら言ったら、またしても背後から抱き込まれた。ついでのように顔を摑まれ啄《ついば》むようなキスをされて、雅巳はひどく複雑な気分になる。

それはそれとして、そういえば自転車をスーパーに置いたままだ。なのでひとりで先に行くと言ったら、大宮に「車で一緒に行きゃいいじゃん」と言われて目が点になった。

「は？　でもおまえ、前に大学行くには自転車で十分だって」

「おまえの自転車がスーパーにあるのはオレのせいだろ。あと、車の方がゆっくり話せるし」

「……浩二さあ、少し変わったよな」

結局は乗り込んだ車の助手席でぽそりと言った雅巳に、ハンドルを握って前を見ていた大宮が「雅巳もだろ」とつぶやく。

「いろいろ噂とか、話は聞いてたけどさ。前と全然違ってる」

「全然？　噂って何。誰から何聞いたんだよ」

「あー、まあいろいろ？」

この言い方だと、追及しても無駄だ。察しておとなしく前を向くと、赤信号で車を停めた大宮が思い出したように言う。

「おまえ、サークルにはいつから出る？　部長が、おまえはまだ当分休むとか言ってたけど」

「今のところ未定」

「――夏目と、ずいぶん仲良くなったって？」

「は？」

目を向けた先の大宮は、やっぱり前を見たままだ。妙に投げやりに続ける。

「説得、失敗したんだってな」

「占いの件？　失敗も何も、本人にその気がないものはどうしようもないだろ」

言った後で違和感を覚えて横顔を見ても、大宮は不自然なくらいこちらを見ない。

「それさあ、もっと押してみろよ。昨日の集まりで却下だって発表はあったけど、誰も納得してないぞ。部長もすげえ困ってたし」

「そんなこと言われても。決めるのは夏目だろ」

「おまえが説得すればいいじゃん。夏目さ、おまえの前だと露骨に態度が違うんだろ？　よく一緒にいるし、よっぽどウマが合うらしいって聞いたぞ」

何でそんな噂が出るのかと、思った。

バイト先の古書店では必ず会うけれど、そこに知り合いが来たことはなかったはずだ。それに――

「一緒にいるも何も、出くわした時に立ち話する程度だけど」

「それが珍しいんだろ。夏目ってお高く止まってるじゃん。話す相手は選びますって顔してるしさ。……雅巳は知らないだろうけど、アレどう考えても収拾つかないって」

「サークルの出展は例年通りに決まって準備も進んでるんだから、夏目の占いは関係ないじゃん。そもそも本人の意向を無視して集団で押しつけるのっておかしくない？」

「だったらあいつが自発的にやればいい。学祭なんだし、どうせ素人なんだから格安でさ。適当なこと喋ればみんな満足するんだし、それで大団円だろ」

「無理だろ。そもそも出展は、個人も団体ももう締め切ってるはずだよ」

「無料でやる分には問題ないだろ。サークルの場所の端っこでも借りてさ、座って喋るだけなら簡単だ」

無責任な言い分に、さすがに呆れた。短く息を吐いて、雅巳は大宮を見上げる。

「前提がおかしいよ。本人が望まないのにタダでやらせて大団円はないんじゃないの」

「そんで？　結果的にサークルが空中分解してもいいってのかよ」

「それは」

返事が見つからなくて、黙るしかなかった。それきり大宮も口を噤《つぐ》んでしまい、気まずい沈黙が落ちてくる。

そういう時に限って、ひとコマ目が同じ講義だったりするのだ。おまけにふだんは必ず大宮の周りにいる「友人」たちが、今日に限って近づいてこない。怪訝に思っていると、隣から少し得意げな声に言われた。

「今日は雅巳と一緒に受けるって言っといたんだ。気にしなくていいぞ」

「そっか」

正直に言えば、ほっとした。

当初は共通だったはずの交友関係は、一年余りを経て大きく変わっている。端的に言えば、大宮の友人たちの中にいると居心地が悪いと感じるようになった。それが伝わったのか、それとも同じように思ったのか。気がつけば同じ講義を受ける時でも、雅巳と大宮はそれぞれの友人と一緒にいる――つまり離れた席に座るのが当たり前になっていた。

とはいえ、ふたコマ目からは講義が別だ。朝の気まずさが薄れてきた頃に大宮と別れて、雅巳は江本と合流する。他愛のない話をしながら移動し始まった講義に集中した、けれども。

(おまえが説得すりゃいいじゃん)

人当たりがいい大宮は、それなりに自己主張が明確だ。とはいえそれは個人レベルでの話であって、大人数や組織の中では「面倒」という理由でまず声を上げない。

にもかかわらずあそこまで雅巳に言ってくるあたり、よほどサークル内の空気が悪いのか、それとも――。

「浩二も視て欲しい、とか？　や、それはない、よなあ」

有名なプロ占い師ならともかく、相手は夏目だ。それでなくとも苦手な後輩に、悩み事つまり弱みなんか相談するとは思えない――。

ぐるぐると果てのない思考に疲れて、雅巳は頭《かぶり》を振る。意識して講義に集中した。


何となく、違和感がある。

別の言い方をすれば、ほんのわずかなズレがある。前と同じように過ごしているのに、どことなく前と違う。たとえて言うなら愛用の靴と間違えて、まったく同じ型でサイズの他人のものを履いてしまった時のような。

「…………」

ぽかりと空いた目で暗い天井を見上げて、雅巳はこっそり息を吐く。

隣から聞こえてくる規則正しい寝息は、大宮のものだ。奮発して買ったというダブルベッドの、壁側に寄って眠っている。

顔を横向けて見つけた時計の蛍光塗料は、午前三時過ぎを指している。

三日前に魔窟状態だった室内は、すっかり片付いている。壁際の簡易デスクに揃いの椅子も、教科書類が押し込まれたカラーボックスも黒に近い紺色のカーテンも、雅巳にとっては見慣れた光景だ。

なのに、……どうしても違和感が消えない。

息を殺して、雅巳は顔を反対側に向ける。

壁に背を向け横向きで寝るのが大宮の癖で、だからこんなふうに寝顔を見るのもいつものことだ。ただ、真夜中にそうすることは滅多になかった。

なのに、ここ二晩続けて「こう」だ。真夜中に目が覚めて、それきり眠れなくなる。昼寝はもちろん、早寝もしていないのに。

（ついでにここにいればいいじゃん。何ならあのアパート解約して引っ越してくるか？　更新、来年だったよな）

不眠と妙な落ち着かなさに、夕食後に「やっぱり今日は帰る」と言ったら拗ね顔で引き留められた。当分離れていたんだしもっと一緒にいたいと言われて、帰宅を断念したのだが。

――やっぱり、最近の大宮は以前と違う。

夏休み前にリコ先輩絡みで一緒にいる時間が激減した際、雅巳の方から「しばらく泊めて」と言ったことがある。その時の大宮は困り顔で、けれど迷わず「無理だろ」と即答した。

（四六時中ずっと一緒とか、息が詰まるじゃん。お互いプライベートは確保しないとさ）

昨日一昨日と続けて車で大学まで乗せてくれたが、そもそもそれ自体が過去一年半を合計でも数えるほどだ。バイト先のレストランへの迎えも今年になって二度目で、スーパーで買い物籠を持ってくれたのは今年初で、つまり全然態度が違う。バイトのことだって、つい先日までサービス残業のことすら知らないほど無関心だった、のに。

（は？　明日も古本屋のバイトって、おい。ちゃんと減らす話、したんだろうな？）

数時間前の、就寝前のベッドで不機嫌に言った大宮を思い出す。

（まだっていうか、やっぱりおれ、あのバイトは続けたいんだ。店主もいい人だしやり甲斐《がい》もあるし、好きな仕事だから）

一昨日のバイトの時に、申し出るつもりではいたのだ。けれど雅巳を見てにっかり笑う店主を前にすると、蒸発したみたいに言葉が出なくなった。

（空き時間の問題なら、レストランの頻度と時間を減らすよ。けど今はあそこも人手不足だし、だから店長に言うだけ言っておいて、人員が揃うまでは現状維持ってことにしようかと）

（何でそっちを減らすんだよ。優先すんのは先輩の店の方だろ！）

当然とばかりに言われて、心の内側が変にざらついた。それを押し殺したせいか、つい短く息を吐いてしまったのだ。

（だったら現状維持しかないよ。それなら丸く収まるんだよね？）

（――雅巳はオレといるよりそっちのバイトの方が大事なわけか）

低い低い声で言われて、ひどく厭な予感がした。「それは」と言いかけたのを遮るように、大宮はじろりとこちらを見据える。

（その古本屋。こないだ見てきたけど、ずいぶんきったない店だったな。オンボロで埃《ほこり》まみ

れで、そん中でくそ重い本抱えて雑用押しつけられて、何が好きで面白いんだよ）

（……建物が古いのはその通りだけど、掃除はちゃんと毎日してるよ。古書扱ってる以上、埃が出るのはある程度仕方がないだろ。あと雑用を馬鹿にすんな。ちゃんと必要な仕事だし、それだって無理がないよう考えてもらってる）

わかってほしくて、丁寧に説明してみた。なのに大宮は厭な目つきで雅巳を見るばかりだ。

（実はあいつ目当てに通ってんじゃねえの？　ずいぶん仲良く話し込んでたじゃん）

（は？　あいつって、誰）

言われたことが、すぐには理解できなかった。きょとんとした雅巳からふいと顔を背けて、大宮は睨むように天井を見て言う。

（夏目だよ。男同士なのに仲良すぎでアヤシイって、かなり噂になってんだけど？）

（え）

自分の口からこぼれた声が、ただの音にしか聞こえなくなった。

（それともオレに嫉妬でもさせようって魂胆で誑《たら》し込んでるとか？　それも全部、リコ先輩の件の意趣返しかよ。やり口、最低なんだけど）

（ちょ、待っ……な、何なんだよ、それ。そんな話、どこから）

（サークル内で今一番顰蹙《ひんしゅく》買ってんの、おまえだぞ。自分は夏目に視てもらえるからって狡い、ってさ。――雅巳に限ってそんなことないってオレは信じてたけど、噂だけでもなさ

そうだよな。そうでもないのに、あんな店のバイトにしがみつくわけもなし）

浩二、と呼ぶ声が、まともな音にならなかった。

上を向いて話していた大宮が、露骨な動作で背を向ける。吐き捨てるような声音で言った。

（オレ、そういうやり口は大っ嫌いなんで。言いたいことがあるんだったらはっきり言えばいいだろ——とにかく、古本屋のバイトは辞めるか、せめて時間と日を少なくしろ。さもないと、オレにも考えがあるからな）

それきり会話はなくなって、……しばらくして大宮の呼吸が寝息に変わって、それでも雅巳は眠れなくて。やっと寝入ったと思ったら三時間程度で目が覚めてしまった。

「……、——」

ぎゅっと目を閉じて、雅巳は横向きに身体を丸める。

せっかく元通りになったのに——願った通りになったはずなのに。どうしてこんなにうまくいかないのか。

考えても考えても、やっぱり答えは出なかった。


申し訳ないが、個人的事情でバイトの時間と日数を減らして欲しい。

という雅巳の申し出を聞いた時、店主はきょとんと瞬いた。じ、と見つめてくる視線を受け止めきれず、つい下を向いてしまう。

「すみません。その、勝手ばっかり、で」

「わかった。それより今、客はいるか」

「いえ、今は誰も……？」

「よし、んじゃ中入ってこい。で、そこに座れ」

てきぱきと言われて、つい素直に応じてしまっていた。気がついた時には雅巳はいつも店主がいる二畳ほどの畳スペースに正座して、盆に載ったお茶と和菓子を目の前にしている。

「食え。その後で予定通り仕事な」

「え、でも」

「いいから食ってみろ。美味いぞ」

言うなり、店主は自分の分の和菓子に手をつける。今の季節に相応《ふさわ》しい、桔梗《ききょう》の花を象《かたど》った練り切りだ。漉《こ》し餡《あん》の味が淡くて、なのに口の中にふわりと広がっていく。

甘過ぎず、けれど物足りないわけでもなく。そんな味は、どこか目の前の店主に似ている。

そう思ったら、何だか泣きたい気分になった。

「時間と日にちは帰りまでに弄っておく。おまえさんは、今日は無理せんようにな」

「……ありがとう、ございます。本当に、すみません……」

向かい合って黙々と食べて、終わりの会話もそれだけだ。なのにひどく慰められた気がして、それ以上に自分が情けなくなってきた。

きっかけは紹介でも、実際に店を見て自分で決めたバイトだ。時間や日程を増やす提案も嬉しくて、保留にしたものの受けるつもりでいた。

……なのに。どうして真逆のことになってしまったのか。

「おれが、足りないから」

作業しながらこぼれたのは、本音だ。雅巳の努力が足りないから大宮にわかってもらえない。もっと違うやり方でわかりやすく説明できたら、結果は違っていたはず、なのに。

ぐるぐると考えながら、買い取り希望の本の中身をチェックしていく。落書きや傍線引きの有無、ページの間の挟み込みなどを確認して、その後に店主が査定するのがここの流れだ。

「センパイ」

とにかく手元に集中しようとした時、背後から聞き慣れた声がした。

びく、と自分でも驚く勢いで肩が跳ねた。そろりと振り返った先、見慣れた夏目の顔を認めて雅巳はどうにか笑みを作る。

「……お疲れ」

「そちらも。あと、無事仲直りされたようですね」

「ええと、それどっから聞いた……？」

一昨日のバイト中にも立ち話をしたものの、その話題は出なかったのだ。雅巳としてはそれ以上に、バイトの時間日程短縮の方が気になっていた。

「大学で、一緒にいるのを見かけましたので。必要であればご相談に応じますが」

「今のところは大丈夫、かな」

ぎこちなく笑いながら、本当にそうかと自分で思う。もっと他に言いたいことがあったはずで、なのにそれが言葉にならない。

(実はあいつ目当てに通ってんじゃねえの？)

(夏目だよ)

(男同士なのに仲良すぎでアヤシイって噂に)

サークル内での噂なら、いずれ夏目の耳にも入る。その時、この後輩は何を思うのか。

……雅巳と大宮の関係を夏目が受け流したのは、それが「他人事」だからだ。自分自身が「そう」だという事実無根の話が蔓延《まんえん》したとしたら、平気でいられるわけがない。

だったら、お互いのためにも関わりを断った方がいいのかもしれない――。

「明日のツアーの件ですが、集合場所や時間に変更はありませんか」

「特に連絡はないからそのままじゃないかな。ああ、でもかなり歩くし階段も多いから靴を選ぶようにって伝言が来てた」

「それは常識の範囲だと思いますが」

「思い至らない人もいるらしいよ。知り合いの山好きな人から聞いた話だと、登山ツアーにハイヒールで来る参加者もいるって」

「ずいぶん斬新な発想ですね」

感心したのか呆れたのかわからない感想を述べて、夏目はいつもの定位置に向かう。その背中を見送って、ふとバイト時間と日程の変更について言っておくべきだったと気がついた。

夏目、とかけるはずの声が、喉元で止まる。中途半端に上がった手を下ろす頃にはもう、その気力がなくなっていた。

「何かおれ、最低、かも……」

落ちたつぶやきが、土間にぶつかって跳ね返る。自己嫌悪に、雅巳はきつく唇を噛んだ。

8

物事というのは、ややこしくなり始めると弾みがつくものらしい。

欠伸《あくび》を噛《か》み殺しながらスタッフルームを出て、雅巳《まさみ》は小さく息を吐く。

週末の今朝は、雲ひとつない青空だ。時刻が早いせいか、空気もひんやりして清々《すがすが》しい。

……雅巳の心境とは、裏腹に。

「早く逃げた方がいい、か」

本気の懸念に急いでタクシーを拾い、自分のアパートの住所を告げた。

たった今、店長からの「残業しろ」攻撃を断り倒して出てきたばかりなのだ。本来は入っていなかった臨時シフトの、深夜から朝までコースを終えた直後でもある。

昨夜、古書店の店主から変更したバイト時間を受け取って帰った大宮《おおみや》宅の玄関ドアは、しっかりと施錠されていた。押しつけられていた合鍵で入った室内に人の気配はなく、以前だったらむかついただろう状況に妙に安堵《あんど》した。大宮からの連絡も入っておらず、だったら自宅アパートに帰ろうとした時に、スマートフォンにメッセージが届いたのだ。

――飲みに行くから帰りは遅くなる。夜食楽しみにしてるからよろしく。

つまり自宅に帰れないのかと、ため息が出た。同時に、そんなふうに感じる自分の薄情さが心底厭《いや》になってきた。

うんざりしながら夜食の準備を終えたまではまだマシだったが、昨夜はとことん間が悪かったらしい。片付けを終える頃には疲れきっていて、だから唐突なインターホンにもろくに考えることなく玄関ドアを開けてしまった。そこに、例の店長がいたわけだ。

(いたな。すぐ来い、人が足りないんだ)

言うなり連れ出されそうになって、慌てて抵抗した。明日つまり今日は早朝から予定があるから無理だと訴えても聞く耳はなく、むしろとんでもない台詞《せりふ》をぶつけられたのだ。

(予定ったってただの遊びだろう。浩二《こうじ》から聞いたぞ。そんなに行きたきゃ仕事上がりに行け。それまでには終わらせてやる)

絶句したところを力尽くで連れ出され、人さらいさながらに店長の車に押し込まれたわけだ。

……あまりのことに、店長が運転する横で大宮に電話した。そうしたら、明らかに酔った声で笑われた。

『体力的にきついって、だったら明日ゆっくり休めばいいじゃん。大学もバイトも休みだろ』

わざと仕組んだのだと、直感でわかった。臨時バイト自体は違うとしても、店長に「許可」したのは間違いなく大宮だ。

おかげで、昨日の朝から不眠不休の完徹だ。思い出すだけでため息が出る。

前後して乗っていたタクシーが停まり、雅巳は料金を支払って降りる。見上げた先は、妙に懐かしい自宅アパートだ。

これから準備すれば、ツアーの集合時間にはギリギリ間に合う。正直に言えばすぐに寝たいくらい疲れている、けれども。

「……行く、か」

だからって、ここで諦めるのは悔しい。その一心で身支度をし、ウォーキング用の靴を履いて自転車に乗った。集合場所は、雅巳の最寄り駅から電車を乗り継いで七駅ほどだ。

発車寸前の電車に乗り込み、空いた座席に腰を下ろす。直後、ウエストポーチのポケットから電子音がした。スマートフォンにはＳＮＳメッセージが表示されていて、アプリを開くまでもなく目に入った文面に脱力する。

――腹減った。早く帰って朝ごはん作って。

ため息交じりにポケットに戻す、直前にまたしても通知音が鳴る。つい画面を眺めてしまって、そうしたことをつくづく後悔した。

――リコ先輩がストーカー野郎のことを占って欲しいって。おまえから夏目《なつめ》に頼んどいて。日にちは、……

立て続けに表示されたのは、日付と時間の羅列だ。多忙なので早めに返事が欲しい、でないと日程が確保できない、とあった。

頭のどこかで、ぷち、と何かがキレた。手早くアプリを開いて「直接本人に頼めば」と返信し、大宮からのメッセージは通知しないよう設定を変更する。

「このタイミングでこれってことは、昨夜はリコ先輩と一緒だったわけだ。だったら、クローゼットに隠してあったアレも、だよね……」

あえて口には出さなかったけれど、大宮の部屋には雅巳の知らないものが増えていた。クローゼットの奥に隠されていた女性用シャンプーや洗面用具が入った紙袋は、たぶん大宮の仕業だ。仲直りしたあの日、スーパーへの迎えが遅かった理由も、おそらくはそこにある。他にはキッチン吊《つ》り戸棚にカラフルな雑貨、冷蔵庫に見知らぬ食材とスパイス類があったが、それは放置以前に存在に気づいていない。または、雅巳が気づかないと踏んでいる。

大宮が、この一年半の間にこっそり複数の女の子とつきあっていたことくらい知っている。決まって雅巳と喧嘩《けんか》し距離を置いている時で、思い返せばそのうちの半分以上が不自然な成り行きでそうなった。

……初めて「それ」に気づいたのは、付き合い始めて三か月目のことだ。大宮のバイト先の先輩に、「親友を紹介する」という名目で引き合わされた。大宮にべったり絡みつく様子にむかついて、ふたりきりになってすぐ詰め寄ったら、大宮はしれっと言ったのだ。

（一方的に気に入られてるだけだって。思い込み激しいみたいで、いろいろ難しいんだよ。バイト先の人ったって年上だし先輩だし、下手《へた》なこと言うわけにいかないじゃん？）

（仕方ないだろ。まさかおまえとつきあってるとか公言するわけにはいかないし）

何を言ってもそうやって丸められて、結局雅巳は黙るしかなかった。

自分たちの関係は安易に公言できない上に、男同士では先の展望もない。つまり、いつ終わるかわからない。――いつ、捨てられても仕方がない。

だったら。無理に追及したって、かえってろくなことにならない……。

起きているつもりが、いつの間にかうたた寝していたらしい。ふっと目が覚めると同時に耳に入ったのは目的地である駅名で、慌てて腰を上げていた。ホームを降り、教わった通りの通路を選んで地上に出る。南口を出た先にある噴水広場が、指定の集合場所だ。

戸外に出るなり降り注ぐ明るい日差しに、少しだけ気分が浮上する。けれど、それも長くは続かなかった。人の集まりに向かう途中、少し離れて立つ人物――夏目と目が合う。

バイトの件の後ろめたさのせいもあって、つい視線を逸《そ》らしてしまっていた。落ち着かない気分で歩を進めていくと、集団の中ほどから聞き覚えのある声に呼ばれる。

「あ、細川《ほそかわ》だ。おはよう」

「おはよう。ええと、今日はよろしく……？」

このイベントに誘ってくれた、他大学の友人――野崎《のざき》だ。呼ばれて近づくと、彼の近くにいた年配男性を紹介される。

ボランティアの解説役だと聞かされて、慌てて頭を下げた。直後に思い出して夏目を探し、目が合ったと同時に手振りで呼ぶ。応じてやってきた彼を引き合わせたタイミングで、揃《そろ》って他の参加者に紹介される流れになった。

「ところで細川、大丈夫？　何か疲れてない？」

「あー……平気。慣れてるから」

「その台詞怖いよ。無理だと思ったら我慢しないで言って。都合で途中離脱する人もいるし、そこは自由だからさ」

野崎の気遣いに礼を言い、号令に従って歩き出す。解説役は顔見知りらしい何人かに囲まれていたため、流れの中程を歩くことにした。

気になる夏目は、雅巳とはつかず離れずの距離だ。どさくさに紛れてとはいえひとまずの挨拶が終わったことに、自分でも「あれ」と思うほど安堵した。

昼食は各自自由だったから、弁当を作ってくるつもりだった。

……というのを、いったん解散の号令がかかってから思い出した。

ため息交じりに、雅巳は周囲を見回す。と、つかず離れずの場所にいた夏目と目が合った。

無言でじ、と見つめてくる視線に落ち着かない気分になって、雅巳は慌てて口を開く。

「夏目は、昼どうする？　何か持ってきた？」

「いえ。適当にやろうと思っていましたので。……先輩は」

「弁当作ってくるはずが、イレギュラーで駄目だった。じゃあどっか店に入ろうか」

言ったところで、頃合いを見ていたように野崎から声がかかった。

「細川と、夏目くんだっけ。お昼どうする？　一緒に行く？」

「あ、うん。おれはそれで。夏目は？」

「ご一緒させていただきます」

結局、三人で近くの食堂に入った。それぞれがオーダーをすませた後で聞くと、参加者の多くが学生なため、昼休憩は食事場所が複数あるところに決まっているのだそうだ。

午前中の感想と、午後の予定をすり合わせながら食事を終え、三人揃って店を出る。集合時間まで余裕があると思ったところで、野崎は主催者に呼ばれて離れていった。断って背を向けた彼を見送ってしまうと、何となく沈黙が落ちてくる。

寝不足と疲れのせいか、頭痛がする。そして予想以上に夏目との間の空気が気まずい。

……途中で気づいたことだが、今日の夏目は妙に他人行儀だ。いつもは向こうから近づいてくるのに、今日は呼ばない限り寄ってこない。視線が合っても話しかけてこないし、物言いもどこか儀礼的だ。昼食だって、雅巳が声をかけなかったら別々になっていた気がする。

いつもはあんなに饒舌《じょうぜつ》なのに。夏目が読んだ本のことを、バイト先の店主が「うちのバイトをつきあわせるな」とキレるくらい延々と聞かされるのも珍しくなかったのに。

理由は察しがついている。というより、それ以外思い当たらない。だとしたら、夏目の態度もある意味当然でしかなく――。

「バイトの時間と頻度を減らしたそうですね」

不意打ちの言葉のタイミングがよすぎて、咄嗟《とっさ》に返事に詰まった。ひとつ息を飲み込んで、雅巳はどうにか口を開く。

「ああ、……うん。その、いろいろあって」

「なるほど。元の木阿弥《もくあみ》だという自覚すらない、と」

「は」

温度のない声に反射的に目を向けた先、夏目の無機質な顔を見つけて呼吸が止まった。ずっと無表情だと思っていた夏目が、実は意外に感情を見せていたのだと今さらに気づく。

「咎《とが》めているわけではありませんし、どうされようがセンパイの自由ですよ。単に、僕がセンパイを買いかぶっていただけのことです。まさか、ここまで自主性もプライドもない人だとは思っていなかったので」

「——な、……？」

「サンプルとして、さほど期待していたわけでもありませんからね。大宮サンの言いなりで何の疑問もなく操り人形をやっている人ですから、二日と保《も》たないだろうと踏んでいました。とはいえ、それはそれで検証するのも面白いかと思い声をかけてみただけで」

つけつけと続ける夏目は無表情で、声音にも抑揚がない。それは波紋ひとつ立たない水面に似た静謐《せいひつ》さで、なのにその奥に違《たが》えようのない強い怒りを感じた。

「それを早々にひっくり返されて、センパイのことをびっくり箱みたいな人だと思い始めていたんです。ここまで素直に変化できる人がいるのかと、感嘆してもいました。まあ、それも全部僕の買いかぶりだったようですが」

「……何、だよ、それ。つまり失望したってこと？」

やっとのことで出た声が、あり得ないほど尖《とが》って聞こえた。返事を待たず、考える間もなく勝手に口からこぼれて落ちる。

「おれ、何度も言ったよな。別れる気はないって」

「それはご自由に。僕には関係のないことですので」

「よく言うよ。今の言い方だとサンプルとか言いながらおれのことつっついて、どう反応するか眺めて検証？　して？　やり方とかも変えてって、完全に面白がってんじゃん。ずいぶんい面白い見世物だったみたいだしなあ？」

言い返した雅巳を真っ向から見返して、夏目は眉を上げる。

「それに類したことは、当初きちんとお伝えしたはずです。咎められる謂《い》われはありませんね。それに、僕は提案こそしましたが一度も強要はしていません」

「その代わり、人を上手に追い込んだよな。弱みにつけ込むのがうまいっていうかさ。そうやって上から見ろして人が右往左往するのを眺めて、思い通りにいかないとこっちの自主性がどうとか期待外れだとか言って失望を押しつけるわけか。優雅な身分じゃん」

何を言っているのかと、自分の声を聞いてそう思う。その言い方はどうなんだ、違うちょっと待て落ち着いて考えろ——そう思っているのに、勝手に口が暴走した。出てくる言葉は夏目を責めるばかりで、言えば言うだけ目の前の後輩の目が冷えていくのがわかる。

「何度も言ったように、おれは浩二と別れる気はない。あいつが戻ってきたんだったらそれに合わせて生活が変わるのは当たり前で、夏目にとやかく言われる筋合いもない。……まあ、恋人のひとりもいたことがない冷血漢には、予想もつかないんだろうけどさ」

なのに、どうにも言葉が止まらない。目の前の夏目の表情が、どんどん固まっていくのに

──作り物みたいになっていくのがわかるのに。合宿以前よりずっと分厚い膜が張られていくように思うのに、それは駄目だと感じるのに歯止めが利かない。

「……つまり、すべて余計な世話だったということですね」

重い沈黙が間に落ちて、どのくらい経《た》った頃だろうか。切り込むように落ちてきた声に、それでも顔を上げられなかった。視線の先、こちらを向いていた夏目のスニーカーがほんのわずか動いて、それに目を取られた隙にまたしても声が続く。

「センパイの言い分は、よくわかりました。──ご安心いただいていいですよ。今後いっさい、僕はセンパイには近づきません」

静かな声音の終わりに、スニーカーが大きく動く。それを目にして、いきなり後悔が爆発した。なのに喉も口も思考も動かなくて、雅巳はその場で固まっているしかない。

「バイト先の雇用関係については、僕はもう無関係ですので関知しません。大学はもちろんですが、店で出くわした際も無視していただいて結構です」

最後通告のようなその声だけが、やけにはっきり耳の奥に残った。

「ご指導、ありがとうございました。僕はこれで失礼します」

集合場所でもあった駅のコンコースで解散が告げられた時、真っ先に動いたのは夏目だった。ツアー主催者と解説してくれた人に対し、きれいな動作で頭を下げている。

その光景を、雅巳は人の輪から少し離れた場所から見ていた。

主催者から食事会に誘われた夏目が、端的に断りを入れる。最後の挨拶をし、会釈してからその場を離れた。迷いのない足取りで駅の入り口へと向かう背中は、振り返るどころか周囲を見回す気配すらない。

（今後いっさい、僕はセンパイには近づきません）

あれ以降、夏目とは一言も口を利いていない。それ以前に視線が合うことも、近づくこともなかった。気がついた時には夏目は部長と解説役のすぐ傍《そば》にいて、熱心に話を聞き意見交換をしていた。

その全部を、雅巳は離れた場所からただ見ていた。

ずっと楽しみにしていて、下調べもしたツアーだ。訊《き》いてみたいことはいくらでもあったのに、道中の解説すらほとんど覚えていない。周囲が笑った時は一緒に笑顔になっていたはずだけれど、何が面白かったのかも知らない。

その場にいるはずの自分を、映画館の最後列のシートからスクリーン越しに眺めているような感覚だった。一瞬でも気を抜くと、自分自身の形すら見失ってしまうような。

「細川？　大丈夫か、顔色悪いぞ。どうする、今日はもう帰る？」

「ああ、うん。ごめん大丈夫。夕飯、行くよ。……帰って作る気力もないし」

「あー、今回ちょっとコースがハードだったからなあ。でも無理はすんなよ。駄目だと思ったらすぐ帰っていいからさ」

気遣うように言う野崎について、歩き出す。夕食会会場は駅からほど近く、さほど歩かずにすんだことにほっとした。テーブル席の隣が野崎だったことで、さらに肩から力が抜ける。

「夏目くん、あっさり帰ったなあ。注目の的だったのに」

「我が道を行くヤツだからね。――注目って、何かあった？」

ビールジョッキを持ち上げる野崎に倣って、雅巳はウーロンハイのグラスを掲げる。小さく音を立てて乾杯すると、野崎は一気に半分を飲んで息を吐いた。

「部長と先生が絶賛してた。知識が深くて着眼と考察が面白いってさ。初対面で先生が名刺渡すとか、うちのサークルでも滅多にないし」

何でも解説役だった人はかなり研究熱心で、どんな奇天烈《きてれつ》な解釈でもまずは聞いてみるというほど好奇心旺盛なのだそうだ。なので議論や話し相手は大歓迎だけれど、その割に簡単には名刺を渡さないらしい。

「まあ、中には講義関係で楽しようとか、都合よく先生を使おうとするヤツもいるからさ。夏目くんてまだ一年だっけ？」

「うん。でも確かに本の虫かな。思考とか論理も、たぶん独特なんじゃないかと」

語尾に紛れて聞き慣れた電子音がした。思わずポケットに目をやると、「見てみたら？」

と野崎に言われる。

念のため確かめたものの、届いていたのはいわゆるダイレクトメールだ。気抜けしてポケットに戻しかけて、朝のうちに大宮から返信メッセージが来ていたのに気づく。

自分は平気でメッセージ無視をやらかすくせ、人がやると煩《うるさ》いのが大宮だ。うんざりしながらアプリを開いてみて、雅巳は思い切り脱力した。

――夏目は今、サークル休んでんだよ。けど、おまえはよく会うんだろ？

――リコ先輩、すっげえ楽しみにしてるから。早めに頼むな。

――あと、早く帰れって。腹減ってんだけど！

雅巳の今日の予定はキャンセルだと決めているらしく、同様のメッセージが立て続けに三件続く。と、四件目に急に語調が変わった。

――返信くらいしろよ。っていうか、おまえ本当に我《わ》が儘《まま》になってない？　いい加減にしないと、いくらオレでも怒るぞ。

――ま、今日はもういいけど。オレ、誘われたんで出かけるから。夕飯もいらないんで。

最後になったそのメッセージの着信は午前中で、以降は何もない。その事実に、胸の中がひんやりしてきた。

返信する気になれず、スマートフォンをポケットに突っ込む。その後は、わざと食事と話に意識を向けた。一次会が終わっても帰る気になれず、誘われるまま二次会へとなだれ込む。

今、大宮に会ったらとんでもないことを口走る気がしたのだ。だからといって、自分のアパートに帰ってひとりになるにも厭だった。

「どうしてこう、うまくいかない、かなあ……」

「何の話？　って、その感じだと恋愛か。細川、彼女いるんだ？」

徹夜明けの疲労ピークだからか、いつになくアルコールの回りが早い。……ということに、テーブルにつけた頬《ほお》の熱さを自覚してから気がついた。そのままの姿勢で目をやると、やっぱり隣にいた野崎がつくねを齧《かじ》りながらやけにじっとこちらを見ている。

「恋人は、いる。……いた、の方かな。たぶん、今日も他の相手といると思う」

たぶんリコ先輩だろうなと思って、直後に思い直す。例のシトラスの香りは、リコ先輩とは別人のはずだ。その人物も「そう」だとしたら、雅巳は一年以上二股《ふたまた》か、それより下の扱いを受けていたことになる――。

「他の相手って、浮気？　それ困るよなあ。こっちはたまったもんじゃないしさ」

返った声のしみじみとした響きが意外で、雅巳は瞬《しばたた》く。見れば野崎の顔はすっかり赤くなっていて、かなり酔っているのだとすぐにわかった。

「それ、体験談……？　え、もしかしてありがちな話？」

「そうとは限らないけど、俺の前カノはそのまんまだった。そのくせ罪悪感ナシでさ、いつの間にか全部俺のせいになってたんだよねえ」

「浮気したのは向こう、なのに……？」

「うん。けどさ、見てると細川もそんな感じだろ？」

すっぱり言われて、苦笑する。まだ中身が残ったグラスを摑《つか》んで、三口ばかり飲み込んでから言った。

「毎回、おれが悪いって結論で終わったかな。そもそも信用しないのが悪いし、あいつのことを一番大事にしないのが問題。あいつはおれを信じてて、おれならわかってくれると思ってるのにどうして疑うんだ、って」

「何だそれ。どの口が言うんだって言い返してやればいいのに」

「でもはっきりした証拠があるわけでもないし、あんまり追及するとかえっていろいろ面倒があってさ。……おれもできれば疑いたくない、し」

何しろ、表向きはただの「親友」だ。下手に動いて妙に勘繰られるわけにもいかない。

「俺も似たようなこと考えてたけどさ、改めて思い返すと逆じゃないか？　信じられなくなるような言動しておいて、信じない方が悪いとか都合よすぎ」

ばっさりした物言いに虚を衝《つ》かれて瞬いた雅巳をまじと見据えて、野崎は続ける。

「俺の元カノの常套《じょうとう》手段だったんだよね。自分が浮気っぽいことやっといて、問い詰めるとこっちの罪悪感煽《あお》りまくって誤魔化す。信じたいからきちんと話そうって言ってんのに、都合のいい精神論引っ張って論点ずらそうとする。そこを追及するとわかってくれないとか、信じてくれないのが悲しい辛《つら》いって泣き出す。——最初は自己主張がしっかりしてる子に見えたし、そこがいいと思ってつきあうようになったんだけど」

恋人になってすぐに、彼女の我の強さが見えてきたのだそうだ。野崎が意見や意向を伝えても返るのはダメ出しばかりで、気がつけば彼女の望みばかりを押しつけられていた。

「いくら何でも酷《ひど》いし、だからって喧嘩する気もないし。だから話し合おうって言ってんにガン無視されてさ。しまいには意地悪だの優しくなっただの言い出した。見た目ちっちゃくて可愛《かわい》いのをうまく利用してわざと人前で蒸し返して、こっちが悪い自分は被害者って空気作るんだ。その上で、わかってほしいのにどうしてって泣く。……それ自体がこっちを全否定してるんだって言ってみたら、また泣かれてとんでもない目に遭った」

最終的に、「あなたはわかってくれないから」という理由で別れを切り出されたのだそうだ。それも、同じ大学だったのが災いして学内の、衆目の中で悪者にされた形だった。おかげで未《いま》だに一部の女子からは遠巻きにされているが、野崎本人はやっと終わったことに清々している——という。

「一方的なのは無理だよね。絶対長く続かない。お互いさまで折り合いをつけないとさ。……と、ちょっとごめん。すぐ戻るから」

「おたがい、さま……？」

少し離れた場所から呼ばれて、野崎は軽く腰を上げる。それだから、呟《つぶや》きは雅巳本人の耳にしか届かなかった。

大宮と仲直りする前に相談した時、夏目は何と言ったのだったか。

（きちんと話し合って折り合いをつけてください。あえて言うなら、絶対にセンパイからは折れない方がいいかと）

（実際にできるかどうかは、甚《はなは》だ微妙な気がしますが）

――唐突に、気がついた。夏目から古書店のバイトの件を指摘されたあの時、どうして自分はあそこまで激高したのか。

「ずぼし、だった、から……？」

こぼれた声はすっかり掠《かす》れて、ほとんど音になっていない。二次会参加の面々はそこかしこで小さな集団を作っていて、周囲には笑い声と話し声がさざめいている。その真ん中で、自分だけ変に浮いているような気がした。

（センパイの優先順位の最上位が大宮サンでしょう。日常が大宮サン中心に回ってる）

（常に自分を優先してくれる便利な人になっていますので、まずはそこからの脱却が先決）

（もっと自分を優先してください）

（過去と同じ言動は、未来に同じ結果を呼びます）

夏目のその言葉に納得して、だからこそ受け入れた。そうして行動した結果、ずっと雅巳を無視し続けたあげく気分次第で「許し」ていた大宮が、初めて自ら仲直りに動いた。

なのに現状は——ここ数日は、どうなのか。

「むしろ、ひどくなってる、……よね」

大宮の都合だけで、雅巳が望んで始めたアルバイトに制限をつけられた。一度断った占いの件を形を変えて蒸し返し、当然のように押しつけてきた。勝手に臨時のバイトを押し込まれ、今日の予定も「キャンセルすればいい」と決めつけられた。

肝心のリコ先輩の件でも、大宮は持論を口にするばかりだった。こちらの言い分を聞こうともせず、むしろ罪悪感を煽ってきた。雅巳はまんまとそれに乗せられて、あげく「いつものように」押し切られ、て——。

（お互いさまで折り合いをつけないとさ）

……そもそも雅巳と大宮の間で、「折り合い」をつけたことがあっただろうか。

「や。でも、最初の頃は優しかった、し。お礼だって、ちゃんと」

雅巳が作った料理を食べるたび、満面の笑みでお礼を言ってくれた。食後の片付けも自分から申し出て、結局はふたりでくっつくようにして終わらせた。作ってくれるんだから食費は自分がと言い張って、時には「いつものお礼」と外食を奢《おご》ってくれることもあった。

散らかった部屋の掃除を申し出た時だって最初はすまなそうな顔をして、不得手なりに一緒に動いてくれたのだ。きれいになった部屋を眺めて、「雅巳凄《すご》い」と目を輝かせた。

大宮の、そんな顔を最後に見たのはいつだったろうか。

食費が当然とばかりに折半になったのが去年の今頃で、喧嘩直前に買い込んだ食材費は「おまえのせいで駄目になった」と出してもらえなくなった。そのくせ大宮の電話やメッセージひとつで食事を催促され、都合で行けないと返せば不機嫌に八つ当たりされた。急いで出向いて料理を作っても「美味《おい》しい」の一言もなくなり、それ以前に作っているさなかに「呼び出しが来た」の一言で出ていったきり戻らないのも普通になって、――いつしか雅巳は全部を大宮に合わせ、大宮の都合を最優先するようになっていった。

そうすれば、大宮が笑ってくれるからだ。上機嫌になって優しくしてくれる、から。

(人間、当たり前過ぎるとありがたみを忘れるんですよ)

夏目の言葉に被さって、いつか読んだ本の内容を思い出す。

人は、快適さにすぐ慣れる。当初は大喜びしていてもすぐに「ある」のが当たり前になって、じきに意識すらしなくなるという。

けれど雅巳は機械でも道具でもない。自分の思いや考えがあって、その全部が大宮とぴったり重なるわけがない。

大宮が気に入らないからといって、雅巳が大切なものを手放す必要はどこにもない――。

「そ、か。だから夏目は、おれに自分の好きなことをやれ、って」

自分の舵《かじ》は、自分で取れということだ。ただ折れて言いなりになるのでなく、自分を押し殺して我慢するのでなく。だからといって喧嘩しろというわけでもなく、「対等な立場」で話し合い折り合いをつける。

そのためにも、雅巳は自分自身をしっかり立てておく必要がある。さもないと一方的に流されて、いいように扱われる——そういう意味だったのではないか。

……今日の夏目が珍しく怒っていたのは、雅巳が自分を「潰した」ことに気づいたからだ。

雅巳が古書店のバイトを楽しんでいたのを、夏目は知っている。もしかしたら短縮すると聞いた時点で、いくらか状況を察していたのかもしれない。

だからこそ、あんな言い方をしたのだ。本当にそれでいいのかと、念押しするように。

「何それ。おれ、その夏目に八つ当たり、とか最悪……」

顔を上げていられず、雅巳は目の前のテーブルに突っ伏す。拍子にぶつけた額の痛みに、数時間前の別れ際の夏目を思い出した。

きっと夏目の方が、もっとずっと痛かった。

確信して、どうしようもなく自分が厭になった。


いつの間にか、寝入っていたらしい。

「細川、起きろって。おーい？」

聞き覚えた声とともにゆさゆさと肩を揺らされて、雅巳はようやく目を覚ます。覗《のぞ》き込んでいた相手——友人の野崎が、ほっと息を吐いたのがわかった。

「よかった、起きた。動ける？　この電車、車庫に入るとかで降りないとまずい」

「う、ん……？　——うわごめんなさいっ」

慌てて飛び起きたのは、彼の背後に微妙な顔の——見るからに駅員とわかる人がいたせいだ。「いえ」と短く返した彼に会釈をして、雅巳は友人と一緒にホームに降りる。とにかく急げと架橋を渡り、目についた改札口から外に出て、

「……で、ここどこ」

そんな言葉が口から出た。

「ん？　あ、そういえば」

隣で上を見た野崎が口にしたのは、まったく知らない駅名だ。つられて見上げた先で同じ音の文字列を目にして、今度こそ目が点になった。

「え、あれ？　おれ、まだ居酒屋にいたはずで」

「三次会のカラオケまでつきあってくれたけど覚えてない？　終電間際だっていうんで慌てて出て、最終に乗ったのも？」

「ごめん全然記憶にない……」

聞けば、野崎は雅巳と同じ沿線の、一駅違いの場所に住んでいるのだそうだ。それとわかって一緒に出たものの、揃って眠ってしまい見事に乗り過ごしたらしい。

「どうする？　何とかして帰るか、どこかで夜明かしするか」

「その前に現在位置どこ……ってごめん、おれ今持ち合わせがない。さっき超過払ったらもう小銭しか」

「マジ？　俺もカラオケですっからかん。財布の中身四十円」

「うあ。じゃあここで夜明かしか、歩くしかない？」

「夜明かしは無理だろ。ほら」

野崎の言葉に被さって、駅のシャッターが降りていく。降りきった後に残るのはわずかな余韻だけで、じきにそれも消えてしまった。

見渡した周囲に見えるのは、街灯の明かりと民家だけだ。どうやら郊外の住宅地まで来てしまったらしい。

「しょうがないなあ。諦めて歩くか」

「う、ごめん。その、おれが」

「細川が謝ることじゃないって。俺も起こされるまでぐっすりだったたし、お互いさまってもんだろ。――とりあえず大通りまで出るか」

スマートフォンを手早く取り出した友人が、地図アプリを起動する。ほらほらと促されて、慌てて後を追った。

駅を離れて数分で、幹線道路沿いの歩道に出る。時刻が時刻だからだろう、車通りはほとんどない。それでも、点々と街灯があるだけずいぶんマシだ。

「向こう明るいな、コンビニあるのかも」

野崎の言葉に目を向けると、かなり先だが確かに煌々《こうこう》と明るい場所がある。

安堵に、雅巳は小さく息を吐いた。

「お金下ろして、タクシーでも呼ぶ？」

「だね。電話するか、歩きながら通りすがりを捕まえるか。もう少し早ければ、迎えを頼むのもアリだったたんだけどさ」

「夜中の二時過ぎってまず無理だよね……起きてても飲んでるだろうし、そうでなくとも言うだけ無駄っていうか……うう、本当にごめん。その」

思わず俯いたら、急に野崎が足を止めた。ひょいを顔を覗き込まれ、思わず一歩下がったところで言われる。

「何でそこで謝んの。細川、もしかしてすぐ謝るのって癖？」

「そ、うかも。おれ、足りないことが多くて」

「それ言ったの元彼？　いや元カノかな。今彼ってことは、たぶんないと思うんだけど」

「いや彼女はいたことないし、言ってきたのは元と今の両方……って、えええええ⁉」

するっと答えた後で、その意味に気がついた。慌てて自分の口に手で蓋をして、雅巳はまじまじと野崎を見る。と、面白がるような顔で首を傾《かし》げられた。

「言い出したのそっちだけど、覚えてないんだ？　ああ、でも電車に乗った後だから、聞いたの俺だけだし大丈夫だよ」

「そ、……う、いやあの」

「人に話したのは初めてだって聞いたし、口外する気はないから大丈夫。あと忘れてるみたいだから言うけど、俺が今つきあってるのって男の人だから」

「へ、」

　予想外が波状攻撃でやってくると、思考は一時凍結してしまうものらしい。声もなくぱくぱくと口を開閉していると、野崎がスマートフォンの画像を見せてきた。

　小さな画面の中で野崎と肩を寄せ合って笑っているのは、三十代ほどの男性だ。やや荒削りな顔立ちが、男臭い雰囲気を濃くしている。

「これがその人。で、訊いてみるんだけど両方から言われたってマジ？　細川の今彼って夏目くんだと思ってたけど、彼はそういうこと言わなそうだよね。ってことは別の人？」

「は？　え、夏目が？　何で？」

「何でって、午前中はぴったりくっついてたし。午後はいきなり別行動になったけど、お互い意識しまくってたよね。痴話喧嘩でもしたのかと思ってたけど」

「いやそれ違うから！　おれが夏目に八つ当たりして、怒らせたっていうか絶交っていうか……そんで、無視されただけで」

泡を食って否定したものの、語尾が妙に窄《すぼ》まってしまった。そのせいか、野崎が不思議そうに首を傾げる。

「その割に夏目くん、ずっと細川を気にしてたけど？　午後に入ってすぐ、俺に声かけてきたよ。細川の体調がよくないから気をつけてくれないかって」

「え」

思いがけない言葉に、瞬間呼吸が止まった。小さく息を飲み込んで、雅巳は返答を探す。

「それは、……そもそもツアーに誘ったのはおれだし。夏目は基本的に公平っていうか、私情で物事を判断したりしないし、……だから」

「ふうん？　ちなみに夏目くんと細川ってどういう関係？　大学の後輩ってだけ？」

「同じサークルの後輩なんだ。そっちは今、ふたりとも休んでるけど……その、成り行きでおれと恋人がうまくいってないのが夏目にバレて、妙な流れで相談に乗ってもらってて」

「そうなんだ」と頷《うなず》く野崎は、けれどまだ不可解そうだ。雅巳の視線に気づいてか、頬を緩めたのが街灯の明かりではっきり見える。

「今彼がいる人に言うことじゃないけど。俺から見ると、細川と夏目くんてお似合いなんだよね。お互い意識してるみたいだったしさ」

さらりと続いたその言葉が、妙な具合に耳に残った。

9

最寄り駅に着いたのは翌朝の、すっかり日が昇った午前九時過ぎだった。

「ええと、おれはこの近くだから。野崎はもうひとつ先、だったよね」

ところどころで休憩を入れたものの、歩き通しになったせいで足腰が痛い。足首や膝にも、痺れたような感覚が居座っている。

電車が動き出したのはわかったものの、先立つものなしでは乗れない。歩き出してすぐに見えた明るい場所には自動販売機の列しかなく、落胆して進むうちに揃って変なテンションになってしまったわけだ。結果、二時間後にやっと見つけたコンビニも「この際歩き通してやる」ばかりに素通りし——現状、座ったら二度と立てなくなるという確信を持つに至っている。

なので駅前での休憩も立ったままだ。野崎も同様で、けれど意外と元気な声が返ってきた。

「そうだけど、細川って二晩連続で徹夜だろ。気になるし、うちまで送っていくよ」

「や、でも野崎だって疲れてるのに」

「一日大学とバイトで明け暮れた続きで徹夜でバイトして、そのまま昨日のツアーに終日参加の後に終電乗り過ごしたあげく歩き通しでやっとここまで帰ってきたって、相当きっついはずなんだけど自覚ない？」

「えー……居酒屋とたぶんカラオケと、あと電車の中でも寝てる、はず」

「そんなの寝たうちじゃないだろ。ってことで、方角どっち？」

「あ、うん。ええと」

自宅アパートか大宮宅かと一瞬だけ考えて、すぐさま後者を却下した。今日の大宮の予定は知らないが、下手に顔を合わせたところで文句を言われるか、朝食を催促されるのがオチだ。何より、今は彼の顔を見たくない。

付き合い始めた時はこの上なく幸運だと感動した「最寄り駅が同じ」という偶然に、今はうんざりしているくらいだ。さらに始末に終えないことに駅からそれぞれのバイトへの道も同じで、雅巳宅の方が遠いのだ。つまり、大宮宅のすぐ横を通らないと自宅に辿《たど》りつけない。

……どうか、今日だけは会わずにすみますように。という祈りがかえってフラグになるのは、古今東西ありがちな話だ。歩き出して数分で後ろから抜いていった見覚えのある車がわざわざ路肩に寄って停《と》まった時点で、己の運の悪さを呪いたくなった。

野崎と雑談しながら、素知らぬ顔で車の横を過ぎる——はずが、横柄な声に「おい」と呼ばれた。逃げたところで追ってくるのは必至と心得て、雅巳は渋々車に目をやる。全開になった助手席の窓越し、運転席に座る大宮が露骨な不機嫌顔でこちらを見ていた。

「何やってんだよ、こんなところで」

「今、帰ったとこだけど」

「無断外泊の上に朝帰りか。最っ低だな。こっちは心配してずっと待ってたってのに」

「その割に、昨日の午前中以降何の連絡もないけど？」

恩着せがましい物言いに、反射的に言葉が出た。とたんに眉根を寄せた大宮を前に、勝手に口からこぼれていく。

「昨日は朝からイベントのツアーに行くって、おれ何度も言ったよね。その前日の夜、勝手に朝までの臨時バイト突っ込む許可したのは誰《だれ》だよ」

「先輩から、どうしても人手が足りないどうにかならないかって頼み込まれたんだから仕方ないだろ。イベントったってどうせ遊びなんだし、だったらバイト先に貢献しろよ。それでなくともおまえの勝手で残業断り倒してるんだから、そのくらい当たり前だろ」

ふん、と鼻で息を吐いて大宮はじろりとこちらを見た。

「昨日の朝も夜も、今朝だってこっちはおまえの帰りを待ってたんだ。いい加減腹減って結局外食になったけどさあ、そもそもオレの飯作りたいって言い出したの、おまえの方だよな。自分で言ったことくらい、ちゃんと実行したらどうなんだよ」

つまり「雅巳の帰り」ではなく、「雅巳が作る食事」を待っていたわけだ。露骨なまでにわかりやすい言い分につい顔を顰《しか》めた雅巳に、大宮は侮蔑交じりの目を向けてきた。

「昨日、臨時バイトの後の残業もぶっちしたんだってな。非常識だあり得ない失望した、もうクビだって先輩がすげえ勢いで怒ってた。それを、誰が宥《なだ》めて許してもらったと思ってんだよ。――今日は夕方から深夜まで、明日は夜勤シフトに入ればなかったことにしてくれることになったんで、感謝して真面目《まじめ》に働けよな」

「余計な世話だ。失望されてクビで結構。臨時で無理矢理拉致して突っ込んだ夜勤バイトにサービス残業まで押しつけるような雇い主なんか願い下げだね」

またしても、ぽろりとこぼれた自分の台詞に「うわ」と思った。けれど後悔は欠片《かけら》もなくて、雅巳は「あぁ?」と声を荒げた大宮をまっすぐ見返す。

「何贅沢言ってんだ、おまえみたいのを雇ってくれるだけでありがたいと思えよ。って、おまえ例の古本屋バイト、ちゃんと日数と時間縮めたんだろうなあ?」

「冗談だろ。今まで通り続けるに決まってんじゃん」

「何いきなり反抗的になってんだよ、まだ拗《す》ねてんのかしつこいな……いくら気を引きたいとか言っても限度があるってのに。なあ雅巳、おまえいったいどうしたんだよ」

前半の台詞で目元をきつくした雅巳に虚を衝かれたのか、後半の声がやや尻すぼみになる。眉を寄せ、窺《うかが》うように――機嫌を取るような響きに、ひどい嫌悪を覚えた。

「反抗してないし、拗ねてもいない。そっちこそ、自分の都合ばっかりおれに押しつけるのはやめろ。いい加減、本気で厭になってきてるんだ」

自分の言葉を自分で聞いて、「ああそうなのか」と納得した。

口から出た台詞の全部が、つまり雅巳の内側で燻《くすぶ》っていた本音なのだ。その証拠に、言っ

ても全然違和感がなかった。つまり、今までいろんな理由をつけて押しつぶし、無理やり蓋をして「なかったこと」にしてきた気持ちが堪《こら》えきれず噴出したわけだ。

「は？　おまえ何言っ——……おい、本気かよ」

「冗談に見えるんだ？」

即答した雅巳に、大宮が顔つきを変える。怒気を含んで睨《にら》みつけてきた。

昨日までならきっと竦《すく》み上がって謝っていただろうその顔を、ただ静かに見返した。それに戸惑ったのか、顔を歪《ゆが》めた大宮がふんと鼻を鳴らす。

「うちの鍵、返せ」

返事もせず、キーホルダーから外して差し出す。ひったくるように奪った大宮が、厭な目つきでこちらを見た。

「……勝手に合鍵作ってないだろうな」

「まさか」

「どうだかな。——とにかくおまえは自分の言動を振り返って反省しろ。あと、当分オレに近づくな。アパートだけじゃなく大学でも、だ」

「了解」

即答した雅巳にきつい形相を向けたかと思うと、いきなり車を出した。

背後から肘を引かれなかったら、危なかったかもしれない。たたらを踏んで顔を上げると、大宮の車はひとつ先の角を曲がって見えなくなったところだ。

「あっぶな、轢《ひ》く気かよ。そんで細川、まさかと思うけど一応訊く。もしかして今のって」

「ありがとう。あと、質問の答えだけど、現時点ではそういうことになってる」

言いざまに振り返ると、唖然《あぜん》と見下ろす野崎と目が合った。「いや待てって」と声を上げたかと思うと、一転して雅巳の耳に口を寄せて言う。

「あれ完璧DV男だろ。何でわざわざ？　どうして別れないいんだよ。細川だったら他にいくらでも相手はいるだろ。第一、あそこまで言えるんだったらいつでも」

「他に相手がいるかどうかは別として、おれ、初めてあいつにあそこまで言ったんだよ。……で、とりあえず歩く？　注目の的になってる」

傍目《はため》には、車と歩行者の怒鳴り合いだ。目を引くのも当然で、通行人だけでなく家の窓から顔を覗かせている者までいる。

聞かれた内容そのものは、「友人同士の喧嘩」ですむはずだ。反芻《はんすう》し、胸を撫《な》で下ろして歩き出すと、幸い視線はすぐに散ってくれた。

「そういや、合鍵渡してたな。あいつんちのなんだろうけど、よかったのか？　当分近づくなって言われても、細川の私物とか置いてあるだろ？　半分同棲《どうせい》だったみたいだし」

声を落として言う野崎にそのあたりの事情を含めて全部暴露してしまったのは、歩き通しの暇つぶし気分での成り行きだ。まずかったかと一瞬思ったものの、さっきといい今といいきちんと配慮してくれているのは明白で、だったらいいかと楽観的に思う。

「そこは平気。置いてあるのは二、三日分の着替え程度だから」

「は？　大学関係のものとか趣味の本は。昨日のツアーの下調べにって、分厚い本買ったり図書館で借りたって言ってなかったか」

「あいつの部屋で読むと邪魔されるんだ。最初の頃、部屋に忘れた本を捨てられたこともあったし。あと一番ショックだったのが、おれがやっと見つけて買った絶版本を、知り合いが欲しがってたからって勝手に人にあげてたこととかな」

返してもらってくれと頼んでも、「そんな失礼なことできるわけない」の一点張りだった。自分で頼むからと懇願しても頑《かたく》なに相手の名前を教えてくれず、結局は泣き寝入りするしかなかった。その後必死で探しまくった結果、軽く四倍の値段で手に入れることはできたものの、あの時のショックはかなり尾を引いた——と説明したら、野崎は目をまん丸にした。

「え、何それマジで？　って、それだけか。他には？」

「講義のレポート用に集めた資料のコピーを、知らないうちに抜かれてるとか。あいつのテキストが見つからないからって、勝手におれのを持ち出されたりとか？」

「……細川」

低い声とともに、がっしりと肩を摑まれる。振り返ると野崎は足を止め、真面目な顔でこちらを見ていた。

「もう別れろ。絶対、その方がいい。ろくなもんじゃない」

「え、でも本を捨てたのは勘違いだったし、絶版本はしつこく頼み込まれて断りきれなかったって聞いたし、レポートのコピーは借りただけのはずが返すの忘れてて、テキストはその教授からのペナルティが重なってたからそれ以上は避けたかったからとか」

「テキスト忘れでペナルティつくのか。だったらそれ、細川も同じだろ」

「おれはその教授に気に入られてるから大丈夫だろうって……まあ結果はふつうにペナルティ食らったんだけど。でも悪気があったわけじゃあ」

「細川」

今度は窘《たしな》めるように呼ばれて瞬いた。そんな雅巳の肩を再び叩《たた》いて、野崎は言う。

「恋人同士だったとしても、断りもなく私物を捨てたり勝手に人にやるなんて論外だよ。レポートの資料にしろテキストにしろ、細川の都合を完全に無視してる。悪気がなけりゃいいってものじゃない」

「そう、なんだ？　ああ、じゃあ居候させてるつもりだったのかも」

「炊事はもちろん家事全般やってもらって？　それこそ論外だろ」

「や、でもそんなの誰でもできることで」

「それはやる側が言うことで、やってもらってる側の台詞じゃない。あと臨時バイトで夜勤って、それ一昨日の徹夜？　勝手に許可って何。細川のサービス残業推奨してんのもおかしいし、古本屋のバイトにしたってあいつが口出す筋合いはないよね」

連ねる野崎に、よく覚えているものだと感心した。説明を促す視線にそういえばバイトの件は言ってなかったと思い出して、この際とばかりにぶちまけてみる。

「……何、それ。あいつもだけど、それ以上に店長ってのがおかしい」

あらかた聞き終えた野崎がそうぼやく頃には、ふたりは雅巳のアパートの前に着いていた。

ほっとしたせいかどっと疲れを痛感しながら、雅巳は傍らの友人を見る。

「おれもそう思う。ってことで、ここがうちなんだけど野崎、ついで寝ていかない？　そんで、目が覚めたらどっか食べに行こうよ。お礼に奢るから」

「すごい魅力的……けど、いいのか？　いきなりすぎない？」

「しばらく寝てないんで少し埃《ほこり》っぽいかもだし、そこそこ散らかってるけどそれでよければ」

手招きで重ねて誘ってみたら、くすくす笑いで応じてくれた。なので重い足を引きずり外階段を登って、学生用の狭い１ＤＫに招き入れる。

「うわ、キレイにしてるなあ……全然散らかってないじゃん」

「そうかな。ああ、でも何か取りに帰った時にちょいちょい片付けてたから」

玄関から入った時点でそんな声を上げた野崎を奥へと促して、雅巳本人はキッチンに立つ。温かい昆布茶を淹《い》れて持って行くと、野崎は興味津々に壁際の書棚を眺めていた。

昆布茶のカップを渡しておいて、クローゼットからタオルケットを取り出す。畳んだ座布団にバスタオルを巻いたものを枕とし、揃えて野崎の前に置いた。ついでにシャワーを浴びるか訊いてみると、寝て起きてからがいいと言われる。

「レストランのバイトは辞めようと思うんだ」

「それがいいんじゃないかな。古本屋のバイト？　もあるんだろ？」

「うん。実は日数と時間の短縮、もう頼んでるんだけど。……頭下げて、元に戻してもらえないか頼んでみようと思って。それと」

湯気の立つカップの中身を啜《すす》って、雅巳はゆっくりと続ける。

「浩二とは、別れる。……もう、全然好きじゃなくなってるし」

去年の春に告白された時は、驚いた。付き合い始めた頃、雅巳のすること全部を喜んでくれるのが嬉《うれ》しくて、そんな大宮が大好きになった。それだから、少しずつ変わっていくのがわかっていても――扱いがぞんざいになっているると気づいても、いつかまた「あの頃の」大宮に戻ってくれるのではと期待していた。

それも含めて前回の繰り返しなのはどこかでわかっていた、はずなのに。今度は違うと思いたくて、目を逸らしていた。

最初の恋人は通学路にあるコンビニエンスストアでアルバイトをしていた大学生で、時々立ち寄っていた雅巳に雑談めいた声をかけてくるようになった。顔を見ると挨拶するようになった頃にライブに行かないかと誘われて、応じて出かけたその日に告白された。

男同士だということに戸惑ったけれど、もともと雅巳は以前から女の子には興味が持てなかった。窺うように返事を待つ相手の表情にどきりとして思わず了承してしまったけれど、そこからしばらくはとても順調だったのだ。バイトに講義にと忙しくしている相手のために何かしてあげたくて料理や掃除を申し出て、喜んでくれる彼の顔が嬉しくて——なのに、いつの間にかそれが「当たり前」になった。定期試験で行けないと伝えたメールには不満な返信が届くようになり、じき気に入らない内容には返事も来なくなり。そのくせ一方的に呼び出されたあげく、家事を押しつけ出かけていく彼を見送ることに慣れてしまった。

(恩着せがましいっていうか、鬱陶しいんだよ。おまえ程度ならそのへんにうじゃうじゃいるのに、変に自惚《うぬぼ》れやがって)

そんな言葉で別れを告げられた時には、ひどく辛くて痛かった。けれど同時にどこかでほっとする自分が確かにいて、それが余計に息苦しかった。

「おれ、さ。自分が薄情で、だから嫌われるんだと思ってた、んだけど」

「違うよ。さっきの……大宮だっけ？　アレは不可抗力だろ。完全一方通行だったし、そんなの俺だって保たない。むしろ相当我慢強かった方じゃないか？」

「うん。何かこう、……人の気持ちって枯れるもんなんだな、と思った」

付き合い始めた頃の雅巳は、大宮のことがとても好きだった。

その気持ちが、今はひとしずくもない、というだけだ。干上がった湖みたいに、大宮に対する「何かしてあげたい」が失《う》せている。

「そんで、――もしかして最初の気持ちで好きだと思ってただけで、実はもっと早く終わってたのかもしれないって」

「そりゃそうだろ。感情って、何かに反応して出てくるもんだし」

最初の「好き」の時に溢《あふ》れた気持ちが膨大で、だからいつまでも「好き」なつもりでいた。それと同じくらい、その気持ちがまた湧いてくると思いたかった。

「最初にすごく好きだと思ったりすると、結構尾を引くんだよね。腹が立っていい加減にしろとか思ってるのに、『でも』とか『まだ』とかつい思ったりする」

ぽつんと返す野崎の言葉は、体験からのものだろうか。雅巳には染みることばかりで、つい苦笑いが出た。

「けどさあ、大事なのは今の気持ちだよな」

「今の、きもち……？」

「うん。俺、今彼といるとすごく楽しい。たまーに喧嘩するし行き違うこともあるけど、それも向こうなりに俺のことを考えてくれてるからだし。だから俺も相手のことを考えるし、誠実でいたいと思う。それが彼にも伝わって、同じように考えてくれてる……っていうサイクルができてるんじゃないかな、ってごめん。すごい恥ずかしいこと言った気がする」

言葉を止めた野崎が、そそくさとカップを干す。わざとのような動作で枕を置き、タオルケットを広げていく。

「ご馳走《ちそう》さま、美味しかった。起きてからの食事は破局祝いに奢るから」

「破局祝いって何。そもそもおれがお礼するって言ってんのに」

言い合いながら、飲み終えたカップを手近なテーブルに片付けた。開いたままになっていたカーテンを引いた雅巳が元いた場所に戻る頃には、野崎はタオルケットを被って横になっている。

少し離れた場所に転がって、雅巳は小さく欠伸をする。泥のような眠りに、あっという間に引き込まれていった。


寝て起きて、午後も遅い頃に食事に出たのに野崎と別れたのは夜になってからだった。

昨夜あれだけ話したにもかかわらず、話題が尽きなかったためだ。いったい何時間一緒にいたのかとふたりで指折り数えたあげく、顔を見合わせて苦笑したほどだった。

「動くんだったら早い方がいいよ。バイト先もだけど、彼の方」

「うん、ありがとう。……それにしても、意外と近かったね」

「だね。細川さ、しばらく駅をこっちに変えてもいいかも」

「そうするよ。じゃあまた、学祭の時に」

「楽しみにしてる」

言い合って、雅巳は野崎が彼のアパートに入っていくのを見送った。ひとつ息を吐き、踵《きびす》を返して自宅アパートへと向かう。

食事の後で、今度は雅巳の方が野崎を送ることにしたのだ。住所の町名が違うから遠いのかと思いきや、実際は雅巳宅から歩いても十分程度だった。ただし車が入れない路地を使った時限定で、大通りを行くと三十分近くかかるようだ。

その徒歩十分の中間あたりに、野崎が使う駅があったのも収穫だ。自転車通学は変わらないにせよ、買い物や電車での外出にこちらを使うだけで、大宮との遭遇率はぐっと下がる。

「あとは、バイト先への退職届……形式として、一応書いて提出しとかないと」

ちなみに今日明日の臨時バイトについては、野崎との夕食中に店長から「遅刻だとっとと出て来い」という怒りの電話が来た。

「行きません、クビで結構です」と即答して通話を切り、そのまま着信拒否をした。ついでに一応控えておいたレストランの本社宛に電話を入れ、店名と一緒に名乗って口頭で事情を伝える。店長に退職を申し入れたので出勤しないことを告げた上で、詳しい話がしたいとアポイントメントを取っておいた。

目に付いたコンビニエンスストアで買った便箋をぶら下げて歩きながら、もののついでにと大宮にメールを送った。文面が出てこず本文なしだが、「もう別れるから返信も連絡も無用、私物は捨てておいて」というタイトルだけで用は足りるはずだ。

文字を打ち込む時も送信ボタンを押す時も、見事なくらい躊躇《ためら》わなかった。何の物思いもなく清々しくとはいかないが、それより「もうどうでもいい」という思いの方が大きい。

（堪忍袋の緒が切れた、ってヤツだね。我慢の限界を越えるとそうなる）

食事中の野崎の言葉を思い出しながら、複数のSNS設定を変更していく。大宮との連絡用に残すのはキャリアメールだけと決めたので、通話着信も含めて残りは全部ブロックだ。

「メールは、念のため一週間だけこのままかな。それが過ぎたら着信拒否でいいか」

一息ついて画面を見るなり、目が行くのはSNSに表示された「友人」たちのアイコンのひとつ——「夏目」のものだ。古びた本の画像と苗字《みょうじ》だけという素っ気ない表示に、「らしい」と本人に言ってみた時のことを思い出す。

夏目に謝りたい、気持ちはある。けれど同時にあんな真似《まね》をして——あそこまで八つ当たりをしておいて、今さらどの面下げてとも思う。

何より、夏目ははっきり意思表示をしている。もう二度と、雅巳には関わらない、と。

「あ。そういえば、古書店のバイト……」

思い出したついでに、到着した自宅アパートの自室郵便受けに便箋を押し込んだ。愛用の自転車を引っ張り出して、慣れた夜道を走り出す。目的の場所までは、急げば二十分ほどだ。

「こんにち、は……」

少々の気後れを覚えながら鄙《ひな》びた店内に足を踏み入れて、この時刻だと「こんばんは」の方だと思い直す。訂正しようかと思う前に、「おや」と聞き慣れた声がした。

一昨日不義理をしたばかりの相手——古書店の店主が、珍しく書架の間に立っていた。

「探し物かい？　処分の中に気になる本でも思い出したか」

「いえ、あの、そうじゃなくて。その、勝手ばかりで本当に申し訳ない、んですけど……バイトの変更を、なかったことにしていただきたくて」

「うん？」

きょとんと見上げてくる店主は、カウンターの中で見るよりずっと小柄だ。丸い目を瞬かせて、じっと雅巳を見上げてくる。それを見返しながら、もし今夏目が店内にしたらどうしようかと今さらに竦むような気持ちになった。

「よんどころのない理由は、もう片付いたのかい」

「よんどころ……ええと、問題は確かにあったんですけど、片付けました。こっちの都合ばかりで本当にごめんなさい。でもおれ、ここの仕事が好きで、だから」

「おや、そうかい。そりゃありがたいねえ」

店主は、けれど相好を崩した。人の好《よ》い笑みで、雅巳の肩を叩く。

「こっちは大歓迎だ。それなら新しい予定の方は捨てといてくれ。ついでに前のがあったらこぴいしてきてくれんかねえ」

「こぴい……？」

「保留のつもりで棚に置いたはずが、いつのまにか消えちまってねえ。新しく考えるのもアレだし、前のでいいんじゃないかね。まあ、もう捨てちまったなら作るまでだが」

「大丈夫です、あります。ええと、じゃあ明日にはちゃんと、コピーしてきます」

「おう」

にこにこ顔で何度も頷かれて、急に泣きたくなった。それを誤魔化すように、先ほど店主が口にした――けれど自分では覚えのないことを口にする。

「あ、の。さっきの、よんどころっていうのは」

「おまえさん、何だか面倒なことになってんだろ？　今自分でどうにかしようとしてるところだから悪く思わないでやってくれって、例の眼鏡《めがね》の坊主がな」

「え、」

予想外の返答に、言葉が出なかった。

「珍しく必死でなあ。おまえさんがどんだけ本が好きかだの、ここの仕事が気に入ってるだの言ってたが、そんなもん見てりゃわかるぞ。第一、世の中なんてえのは思い通りいかないから面白いんだろうに。なあ？」

「え、……はあ、はい。あの」

どうして、夏目が。それは、いつ。――あのツアーの前なのか、それとも後のことなのか。

喉元までせり上がった問いを、けれど安易に口に出すことができなかった。

ここで言うくらいだから、夏目は今いないのだろう。安堵したような落胆したような自分でもよくわからない心地で、雅巳は挨拶をして店を出た。

「……ツアーの前だよ、ね。やっぱり」

八つ当たりした結果、向こうから絶縁された。それを思えば、そっちが正解だろう。たったの、一日だ。なのに、昨日と一昨日とでまるで違う。それも全部、雅巳が自分から招いたことでしかなく。

「――……あ、」

小さく息を吐いたのと、少し先の人影が目についたのがほぼ同時だった。

考える前に身体《からだ》が動いて、雅巳は自転車ごと細い路地に身を隠す。すっかり夜になった通りは街灯とネオンサインがそれぞれ自己主張しているため、場所によってはかなり暗い。

通りの端を自転車で行く夏目が、いつもの仕草で眼鏡を押し上げる。あっという間に近づいて、見る間に遠ざかっていく。おそらく行き先はあの古書店だ。

「二度と、声をかけない。――……だったら、おれから話しかけるのも迷惑、だよね」

いったん放った言葉は戻らない。どうしたって、なかったことにはならない。

それを、雅巳はよく知っている。一昨日から今日までに、厭というほど思い知った。

……今日の大宮だって本人からすればいつも通りか、せいぜい少しやり過ぎ程度なのだろう。雅巳自身思い返してみても、「今日は特別に酷かった」という感覚はない。

だからこそ、わかる。言葉の意味は、受け取った相手次第で何とでも変わる。昨日あるいは数分前まで受け入れられていたからといって、「今」もそうなるとは限らない。

大宮の言葉で雅巳の「緒が切れた」ように。昨日の夏目も、あの時に何かが限界を超えた。だからこそいつもとは違う鋭さで、わかりやすい最後通牒《つうちょう》を突きつけてきた。

「……あ、――」

不意打ちで、電子音が鳴った。

取り出したスマートフォンに届いていたのは、大宮からの返信だ。どうやら本気にしていないようで、「また言ってるのか」「いつまで意地を張るんだ」という文字列が見えている。

面倒だなと思って、同時にすとんと納得する。きっと、雅巳が声をかけた時に夏目が感じるのもこれだ。縁切りを伝えた相手からの接触なんて、迷惑か面倒のどちらかでしかない。

きっと、もう。夏目と軽口を言い合う日は、来ない――。

ぽつんと落ちた確信に、ぎゅうっと胸が痛くなった。

大学でちらっと見かけた時、何となく目が合うこともない。稀《まれ》に近づいてきた夏目に、真面目な顔で揶揄《やゆ》めいたことを言われることも、ない。

「センパイ」という、どう聞いてもカタカナでしかない発音を、聞くこともない……。

いきなり、眦《まなじり》から何かがぼろりとこぼれた。瞬いた拍子に頬に当たって落ちて、その後で目の前が急にクリアになったことに――ついさっきまで滲《にじ》んで揺らいでいたことを知る。

「え、……何コレ、何で」

夏休みの合宿より前の状態に、戻るだけだ。それに夏目には相談に乗ってもらっていただけで、大宮と別れるなら関わる理由はどこにもなくなる。

もともと、特別親しかったわけでもない。だから、何てことはないはずだ。

「待って、――だって、平気なはず、で」

なのに、どうして涙が出るのか。喉が詰まって眉間が痛くて息苦しくて、……身体の奥にあった大事なものを無造作にむしり取られたように感じる、のは。

「――、……っ」

ぐっと奥歯を噛みしめて、雅巳は凭《もた》れていた壁に額を寄せる。引き結んだ唇から、声がこぼれるのが自分でもわかった。

「……そんなの厭、だ……」

雅巳にとっては馴染《なじ》みの痛みだ。いがいがと尖って内側から雅巳に傷を作っていく。あの夏合宿の時、当然のようにリコ先輩を優先する大宮を親友のフリで眺めながら、この痛みを感じていた――。

（細川と夏目くんてお似合いなんだよね。お互い意識してるみたいだったしさ）

昨夜野崎にそう言われた時、ひどく落ち着かなくて曖昧に流すしかできなかった。その上妙な焦燥感もあって、初めて自分から大宮とのことを暴露した。

「夏目とはそんなんじゃない」とは、口に出したくなかったからだ。今、やっと気がついた。

昨日の昼、夏目から最後通牒を突きつけられた後。雅巳はずっと、夏目のことだけを気にしていたのではなかったか。ひょろりとした後ろ姿や眼鏡の横顔を目で追い掛けて、何の挨拶もなく帰っていった背中に落胆し。食事会に参加していても気になるのは夏目のことばかりで、大宮のことなど欠片も思い出さなかった。

「おれ、……夏目のこと好きだったん、だ？　それってさあ、……夏目が嫌いな二股、」

大宮から夏目のことを咎められて、それでも自分から離れようとは思わなかった。直後に夏目に会った時に初めてそれを思ったのは、噂《うわさ》を知った彼に嫌われる可能性があったからだ。大宮への配慮など、今思えばほとんどなかった。

「でも、……どっちにしても無駄、なんじゃん？」

夏目が興味を持ったのは「安易に心変わりしない雅巳」だ。そうなると、「今の雅巳」は「サンプル」にすらならない。

今になって好きだと気づいたところで、何かを望めるわけもない――。

ごつんと額を壁にぶつけて、雅巳は小さく息を吐く。やっと気づいた気持ちを、けれど奥深くに封じるしかないと思い知った。

10

サークル所属がなく、部活にも入っていないとなると、学祭では案外暇だ。

――ということを、初日だった昨日に初めて知った。

「そりゃそうだろ。おまえ去年はいいように使われて、ろくに休憩もなかったし？」

「う、その言い方……」

「まあ自覚しただけマシだけどな。去年なんか自覚の『じ』の字もなかったし」

他人事《ひとごと》のように言って、友人の江本《えもと》が紙コップに差し込まれたストローを口にする。中身はもうないらしく、吸い上げるたび妙な音がした。雅巳はといえばまだ半分コーヒーが入った紙コップを手に、それなりに賑《にぎ》わう人の流れを眺めている。

中庭に設置された野外喫茶はバスケットボール部の出店なのだそうだ。収益は部費になるとかで、店員に扮《ふん》した面々もぱりっとしたお仕着せ姿で張り切っている。

からりと晴れた空は秋らしく高く、日差しはそう強くはない。気持ちのいい風が吹くこともあってか、席の八割は埋まっていた。

ちなみに江本にはちゃんと、サークルの当番が振り分けられているそうだ。もうじきそちらに出向くが、ギリギリまで付き添うと宣言された。とうに二十歳《はたち》を超えた大学生の雅巳になにゆえ「付き添い」が必要かと言えば、

「かえってすんげー面倒なことになってるよなあ」

「だからごめんって。その、負担になるようなら、落ち着くまでおれと距離を置く？」

しみじみ言われた内容に、申し訳なさが募ってついそう言ったら、真顔でじっと見られた後で呆《あき》れたようなため息を吐《つ》かれた。

「そんで？　また面倒に巻き込まれたいと？」

「思ってないけど不可抗力だろ。だからって江本に負担かけたいわけじゃないし」

「確かに面倒。けど、おまえがやっと本気で縁切りしたのに放置すんのは主義に反する」

「その主義、いったん片付けてもいいと思うけど」

「見て見ぬフリは気色悪いからやらない」

素っ気なく言う江本の言い分は、つまり「もっと面倒になるのがわかっててひとりにできるか」だ。昨日今日はもちろんだが、それ以前の今週明けから続く状況に辟易《へきえき》しているのは雅巳も同じで、けれど事の起こりが自分だけに何とも言えない気分になる。

大宮に別れのメールを送ってから、今日で六日になる。

送った当日以降続いていた「その手には乗らない」主旨の返信が変化したのが三日前だ。あれ以来雅巳は通学路を変え、大学の門も別の方角を使い野崎宅寄りのスーパーに行くようになった。

メールは来たら返すのみだったが、それも日に数度となった時点でまとめて一回のみの返信に切り替えた。内容は、一番最初に送ったものとまったく同じだ。

それで、ようやく「いつもと違う」と気づいたらしい。疑問と懇願とお怒りを混ぜくったメールの中身が毎度同じだと気づいてからは、未読のまま定型メールを返している。

あれだけこちらを罵《ののし》っておいて「別れる気はない」とか。「許してやるから戻ってこい」とは何なのか。

……喜んで仲直りしていたかつての自分を思い出すと、穴を掘って埋まりたくなるのだが。

そんな心境だった大学祭前日つまり昨日に、とうとう大宮の待ち伏せに遭った。それも、講義室の前という困った場所で、だ。

(もう友達やめるって言ったはずだけど、何か用?)

険しい顔で「おい」と言われて、間髪を容《い》れずに言い返した。表向き「親友」だから同義だろうと冷静に見返すと、大宮はとたんにがくんと顎を落とした。つまりその時まで雅巳の対応はパフォーマンスだと思っていた、らしい。

「けどおまえ、アレどうすんだ。変な噂撒《ま》かれてるだろ?」

「あー……おれが変な言いがかり? 我が儘? ふっかけて、それで大宮がすごい困ってるってヤツ? 別にいいよ、あっちの友達っておれにとっては知り合い以下だし」

大宮の友人と名乗る相手から何通かメールを貰《もら》ったが、内容はほぼそんなものだ。面倒なのでまとめて着信拒否しながら、交友関係が被っていなかったことに心底感謝した。

雅巳自身の友人には、自衛も兼ねて「合わなくなったから友人をやめて距離を置くことにした」と伝えた。半数以上の反応が「やっとか」「遅い」だったのは、この際幸いだったと思っておく。

「噂に関しては放置でいいかな。この年の友人関係のトラブルって、当人同士の問題だよね」

「あっちの連中はかなり厭な目で見てるけど?」

「言いたい奴《やつ》には言わせとけばいいよ」

「確かにその通りだけど、豹変《ひょうへん》ぶりについていけてない。おまえ本当に細川だよな?」

猜疑《さいぎ》交じりの目で見られて、雅巳は軽く首を縮めた。

「堪忍袋の緒が切れた、って言うらしいよ」

「そりゃまたずいぶん長い緒だったんだな。もっと早く切っときゃよかったのに」

「う、だからごめんって。待ち伏せするのはさ、本気で接点がなくなったからじゃないかな。それと、レストランのバイトの件で文句でもあるのかも」

呆れ顔の江本は講義室での待ち伏せ以来、率先して雅巳の近くにいるよう心掛けてくれている。そのおかげで大宮を避けたり、待ち伏せをやり過ごせているので感謝しかない。

レストランのバイトについては、月曜日に店長に直接退職届を手渡した。目の前で破り捨てられたので新しく書き直し、念のため録っておいたその時の音声と併《あわ》せて一昨日出向いた本社に提出した。もちろん、バイト料の明細と、残業臨時分の書き込みをしたシフト表もだ。

その場で届け出が受理されたことはともかく、残業臨時を含めた云々《うんぬん》に関してはきちんと調査した上で対処すると言われて、正直驚いた。一介のアルバイトにするには丁寧すぎないかと思ったのが顔に出ていたのか、担当者は疲れたように笑って言ったのだ。

(過去に似たようなケースがあったことが最近になって判明しまして、そちらも現在調査中です。それ以前から、彼の店でのアルバイト離職率は群を抜いていましたので)

明言されたわけではないが、どうやらあの店長は上層部に強力なコネを持っていたらしい。それが過去形になったとたん、かつてのやらかしが表面化してきた——ということのようだ。

(うっわ最悪。店長もだけど、オオミヤの方がもっと酷い)

その日の夜は、野崎に誘われて夕飯をともにした。状況を気にしていた彼は、結果報告を聞くなり厭そうな顔でそう言って雅巳を見たのだ。

(細川から聞いた時点で違和感があったんだよね。その店長が恩人で先輩だとか言いながら、何でオオミヤがバイトに入らなかったのかなって)

(……あ)

(たぶんオオミヤは薄々でも、店長がどういう人か知ってたんじゃないの。だからわざと自分が行かずに、細川に白羽の矢を立てた、とか)

(そう、かも)

すとーんと腑《ふ》に落ちて感心していたら、今度はとても可哀相《かわいそう》なものを見る目をされた。

（前にも言ったけど、細川って一途《いちず》っていうかけなげっていうか猪《いのしし》だよね。あばたもえくぼってヤツ？　いったん好きになったらとことん好意的なフィルターがかかるっていうかさ）

大宮との経緯を思えば図星としか言いようがなく、何とも言えない気分になった。思わずため息をついたところで、野崎の独り言みたいな声、が。

（下手な相手だと同じ轍《てつ》を踏みそうだよねえ。この際、夏目くんとくっつけばいいのに）

「いや、だからそれ無理だって」

「は？　何が」

思い出して、つい反論したのが口に出ていたらしい。不思議そうにする江本に「何でもない」と返して、雅巳は時刻を確かめる。そろそろかと腰を上げた。

「じゃあおれ、野崎を迎えに行ってくる」

「いや待て、おれも行く。まだ当番まで余裕あるし」

「……ちょっと過保護？」

「じゃなくて、ここでアレに捕まったら待ち合わせに遅れるだろ」

呆れ顔で言う江本の手から、空いた紙コップを引き取った。自分のとまとめてゴミ箱に放り込むと、そのまま野外喫茶を出る。

大学祭二日目の今日は、土曜日だからか昨日より人が多い。建物内のそこかしこから、笑い声や呼び込みが響いている。ふだんは同世代か教諭陣しかいない構内に親子連れや中高生が溢れている光景は、とにかく新鮮としか言いようがない。

「ちなみに野崎ってどんなヤツ？」

「しゅっとしてる感じかな。身長はおれよりちょっと高いくらいだけど、全体的な雰囲気が」

「何それ全然参考にならないんだけど」

「どうせもうじき会えるからいいじゃん」

言い合いながら向かった先は、待ち合わせ場所の正門前広場だ。通常はロータリーとして使われている広いスペースを、今ばかりは複数のテントが占領している。

そのど真ん中に、野崎がいた。どういうわけだか、夏目と話し込んでいる。

「お？　どうした」

「あー……いや、今行くと邪魔する、かも」

思わず足を止めた雅巳に、江本が怪訝《けげん》な顔をする。

「あれ、おまえの知り合いじゃなかったっけ」

「そう、なんだけど。ちょっと行き違いが、あって」

ぽそりと口にした雅巳に、江本は「ふうん」と言ったきり黙った。急《せ》かすことも追及することもなく、黙ってこちらを見ている。困って曖昧に笑うと、呆れ顔で小突かれた。

「時間は」

「ん？　あ、もうそろそろだ」

建物外壁に取り付けられた時計は、待ち合わせ時間の一分前だ。確かめて視線を戻して、その直後に雅巳はどきりとする。

夏目が、いつの間にかまっすぐにこちらを見ていた。

ぶつかった視線にびく、と肩が跳ね上がって、なのに目を逸らせなかった。こちらを見据える夏目は相変わらずの無表情で、けれどその目にあの言い合いの時のような冷ややかさはない。それと同じだけ、以前は見えていた感情も——ない。

お見合いのような睨み合いのような十数秒の後、夏目がふいと視線を逸らした。野崎と二言三言話したかと思うと、踵を返して離れていく。

「細川っ」

声で我に返って瞬くと、野崎が駆け寄ってくるところだった。

「ごめん、ちょっと夏目くんに用があったから」

「……こっちこそ邪魔してたらごめん。あ、こっちおれの友達で、江本って言うんだけど」

「ども」

手を上げた江本の検分するような視線に応じる野崎は、やけに爽やかなにっこり笑顔だ。

「面倒なのがいるんで、見張りと保護を頼みたいんだが？」

「もちろんそのつもり。連絡先交換する？」

「おう」

「え？　ちょ、何それ今の」

暗号みたいな会話の後で、本当に連絡先の交換が始まってしまった。完全に蚊帳《かや》の外に置かれた雅巳をよそに、江本は「何かあったら連絡よろしく」と言い置いて離れていく。

「野崎、今の何」

「二者同意の条約っていうか同盟みたいなもの？　ところで江本くんは別行動なんだ？」

「あいつ、これからサークルの当番でワッフル焼くんだ。先輩に教えてもらったけど、最初は見事に炭になったって言ってた」

「何その斬新なメニュー。どんな味？」

「いや失敗談だから。売ってるのはきつね色のはず」

言い合いながら、人気《ひとけ》のない端で案内図を広げる。野崎の希望する出展をピックアップして歩き出した。

まさか、夏目がまともに自分を見てくれるとは思わなかった。

最後に会った――というより雅巳が見たのは、一昨日のバイトの時だ。古書店のいつもの場所に座り込んで、本に没頭していた。

会話は論外だし、視線も合わない。けれど今週に入ってから、夏目は古書店店主に店を追い出されることがなくなった。つまり自発的に、閉店前に帰っていくようになった。

気づいているはずの店主は何も言わない。だから雅巳も、ひたすら仕事に励んでいる。

……夏目はもう、雅巳と大宮の関係の変化に気づいただろうか。

「別れた」と言ったところで、表向きは友人同士の諍《いさか》いだ。表立って騒ぎを起こしたわけでもなし、学年が違えば知らないのが普通だろう。

できればずっと気づかないでいて欲しいと、雅巳は思う。もう二度と関わらないとしても——雅巳への興味が完全に失せていたとしても、できれば今以上に呆れられたくはない……。

「細川？　友達と一緒か。ついでに観ていくか？　だったら細川分だけはタダにしとくけど」

中庭で野崎と適当に腹ごしらえしてから建物内を歩いていると、久しぶりのハヤト先輩に声をかけられた。見れば先輩の背後には「オススメ映画三本立て」の看板が鎮座していて、ここがサークルの出展場所だと初めて知った。

「今回はおれ何もしてないですし。活動も休んでるんだし、観るならちゃんと払います。けどすみません、今は友達を案内してるので」

「そっか。じゃあどっか都合のいい時に連絡しろよ。オレの奢りだから遠慮はナシだ」

以前と変わらない笑顔で、頭をかき回された。苦笑した雅巳に思い出したように言う。

「一応確認だけど、あれから何もなかったか？」

「は、い？」

意味がわからずきょとんとした雅巳に、ハヤト先輩は少し声を落とした。

「占いの件。こないだ夏目から、まだしつこく言ってくるのがいるって聞いた」

「大丈夫です。また来ても断るし」

そういえば、連日届く大宮からのメールにはその件についての言及がない。さすがにそこまで頭が回っていないのかもしれない。

「困った時はすぐ言えよ。まあ学祭も明日までだし、そうなればもう来ないと思うんだが」

気遣うように言う先輩の、語尾が微妙に不吉で気になるが、ある意味無理もない。なので、お礼を言ってその場を後にした。

「今の先輩だよね。サークルかな。どこに入ってるか聞いていい？」

「映画。けど、いろいろあって後期に入ってから参加してない……ああそっか、もう辞めてもいいんだっけ」

「え、何それ」

「大宮に引っ張られて入ったとこなんだ。けど、おれどっちかっていうと活字の方が好きで」

何しろ自分のアパートにはテレビもないくらいだ。それを思うと、本気で全部が大宮基準だったことがわかる。

「細川って、もしかして映像だと疲れるオチ？」

「う、……まあ、たぶんそっち。誰かと一緒ならレンタルもちゃんと観るけど、ひとりだと字幕にして早回しにする……、って」

言いかけた時、いきなり肘を掴まれた。え、と目を向けた時には、半開きになっていたすぐ横のドアに中へと引き込まれている。

「細川っ？」

慌てたような声とともに雅巳の袖を摑んだのは、たぶん野崎だ。我に返って顔を上げ、目の前に立つ相手を認めて顔を顰めていた。

「あら、怖い顔」

「……いきなり何するんですか」

言うなり、まだ摑まれていた肘を振り払う。勢いに驚いたのか、手を引いた相手――リコ先輩が眉を寄せるのがわかった。

「ちょっと、あなたね」

「勝手なことはしないでください。迷惑です」

言うだけ言って、背を向ける。野崎を促し教室を出ようとしたら、今度は肩を摑まれた。衣類越しにも、食い込む爪が痛い。

「待ちなさいよ。用があるからわざわざ待ってたんでしょ」

「あいにくおれには用はないんで。先輩につきあわなきゃいけない理由もないですし」

ちらりと眺めやったこの教室は控えだか準備に使われているらしく、デスクの上には配布用らしいパンフレットが並んでいる。そこかしこに置かれた私物のバッグやリュックサックを背景にリコ先輩の友人三人が並んでいるのを目にして、心底うんざりした。

「何それ生意気ー」

「従者くんのクセに何言ってんだか。ああ、でもそれもクビになったんだっけ？　役立たずだから無理もないけど」

「今まで従者扱いしてくれてた大宮に、感謝くらいすればいいのにねえ」

前から面倒な人たちだと思っていたが、そこはやはり変わらないらしい。もっとも、今の台詞でリコ先輩を含む彼女たちの現状認識が明白になったのは助かった。

「クビじゃなく、こっちが厭になったから友達をやめただけです。知ってるならなおさら、おれと関わる理由はないですよね」

とてもわかりやすく、雅巳を邪魔者扱いしていた人たちだ。ストレス解消か遊び感覚の弄《いじ》りなのだろうが、ここまでエスカレートすると完全に度を超えている。

……こんな人たちに囲まれ言いたい放題にされながら、大宮のために必死になっていたのか。改めて思い知ってしまうと、つくづく馬鹿だったとしか言いようがない。気づいた今、すっぱり切ってしまえるのだけが救いだ。

「やっぱり僻《ひが》んでるう」

「自業自得なのにねー。遊んで欲しいんだったらそれなりの誠意くらい見せたらいいのに」

「そうそう。あたしの言うことは聞いておいた方がいいわよー？　そうするんだったら浩二クンに、仲直りしたらってお願いしてあげてもいいし」

くすくす笑う彼女たちの、最後の締めのようにリコ先輩が言う。続くように背後から聞こえた「うっざ」の一言に、危うく噴き出しそうになった。

「それで？　おれに何をしろって言うんです」

野崎には全面賛成だが、それを口にしたところで平行線の泥沼になるだけだ。なのでとっとと先を促したら、リコ先輩は意を得たりとばかりに笑顔になった。

「簡単よ。夏目くんに、占いをお願いして欲しいの」

「……はあ？」

「浩二クン経由であんなにお願いしたのに、従者くんてば拗ねていじけて無視したでしょ。親友に構ってもらえなくて駄々捏《こ》ねるなんて、やることが小学生並みよね。それ以前に、一方的に親友だなんて思い込んでつきまとってるのもどうかと思うけど」

最後の辺りで口元を押さえているが、明らかに聞こえよがしだ。その言い分のほとんどが大宮の主張だと察して、アレを信じていた過去の自分につくづく呆れた。

「そんなもの、自分で頼めばいいでしょう。同じサークルで面識もあるじゃないですか」

「合宿直後に頼んだけど、変な交換条件つきだし胡散《うさん》臭いからやめたの。けど視《み》てもらった子が次々結果が出てたし、それならと思って交換条件なしでお願いしたのよ。なのに即答で断ってくるし、その後はいっさい占わないなんて言い出したでしょ」

「……だったら諦めるしかないんじゃないですか？」

「それが厭だから浩二クン経由で頼んだんでしょ。従者くんだって、あたしがストーカーに悩まされてるのは知ってるわよね？　落ち着かないし怖いししつこいしで困ってるから、どうにかやめさせたいのよ。それにはどうすればいいのかを視て欲しいの」

当然とばかりの言い分に、正直頭痛がしてきた。

「そういう話なら、占いじゃなく警察か探偵に相談した方がいいと思いますけど？」

ストーカーの行動を変えるなど、占いでできるわけがない。自衛の方法くらいは教えてもらえるかもしれないが、それだって専門家に相談した方が今後に繋《つな》がるはずだ。

「届けたって当てにならないもの。でもいい加減限界なの、精神的に保たないんだってば」

「でも断られたんですよね」

「だから従者くんなんかに頼んでるんじゃない。最近夏目くんと仲いいみたいだし、変わり者のぼっち同士なら融通きくでしょ。頭を下げるとか、適当に煽《おだ》てるとか？」

「――――」

盛大な上から目線に、思い切りイラっとした。あえて深呼吸を繰り返してから、雅巳はまっすぐにリコ先輩を見る。

「お断りします。そんな義理はどこにもないんで」

「は？　え、何なのそれ、本気？」

「夏目本人からその気はないと聞いていますし、本気で厭がってるのも知ってます。そもそも当初にあった機会を潰したのは先輩本人でしょう。自分の都合が変わったからって無理を押しつけるのはどうかと思いますけど？」

「……何よそれ、可愛くない……」

頬を引きつらせたリコ先輩が、ぼそりと言う。

以前なら気に障って仕方がなかっただろうその一言に、けれど今は何も感じなかった。言うことは言ったとすっきりした気分で、雅巳はリコ先輩たちに言う。

「話がそれだけなら、おれはこれで。……待たせてごめん、行こうか」

「うん」

振り返るなり目が合った野崎が、笑顔でサムズアップしてみせる。見られたら顰蹙《ひんしゅく》ものだと知りつつ、つい笑いそうになった。そのタイミングで、またしても肩を摑まれる。

「待ちなさいよ。まだ話は終わってないでしょ」

「離してください。爪が食い込んで痛いです」

言うなり、肩にかかっていたリコ先輩の手を振り払った。軽く弾《はじ》いただけで痛みはないはずなのに、彼女は大袈裟《おおげさ》にその手をもう一方の手で包み込む。上目で睨むように雅巳を見た。

「夏目くんの態度に不満を持ってる子が大勢いるのよ。せっかく占えるんだったら、ちょっとくらいやってくれてもいいのにって」

「視させてやるんだからありがたく思えってことですか。ずいぶんな上から目線ですね」

「……っ、だってどうせ素人じゃない！　当たるかどうかもわからない口から出任せにお金なんか払えるわけが」

「だったら視てもらっても意味がないのでは？」

「――そ、」

「リコ先輩みたいに思ってる人を視るのに、何でわざわざ夏目が時間を潰さなきゃならないんです？……ああ、そっか。学祭で夏目に占いさせろ、サークル出展の隅でタダでやるなら届け出もいらないはず、とか言い出したの、リコ先輩ですか」

　思いついて言ってみたら、どうやら図星だったらしい。わかりやすく顔色を変えたリコ先輩に、雅巳は淡々と言う。

「煽動《せんどう》して数を増やして、部長たちを動かして夏目に承諾させれば自分は矢面に立つことなくタダで視てもらえる、と。……うっわ、あり得ない。最低以下じゃん」

「――っ、夏目くんにだって悪い話じゃないでしょ！　ずっとぼっちで友達も彼女もいない、根暗で可哀相な子なんだもの、唯一の特技が占いだったら」

「それ、余計な世話ですよね。夏目はその気がないし即答で断ってますし」

「す、ごい数の子が夏目くんだけじゃなく従者くんにも文句言いたがってるんだから！　わかってる？　このままだと従者くん、絶対サークルに戻れない――」

　金切り声で切り札とばかりに言われて、堪えきれずに噴いてしまった。それが予想外だったのか、瞠目《どうもく》したリコ先輩にごく平淡に言う。

「どのみち退部する気だったんで、どうでもいいです」

「な、……――」

今度こそ、リコ先輩は絶句した。直後、真後ろで盛大に噴き出すのが聞こえてくる。

ちなみにリコ先輩の友人だちは、雅巳が最初にすっぱりお断りした時点で驚いたらしい。今も、「何が起きたかわからない」という顔でこちらを見ている。

「は、ずれ者同士で気が合ったってことね。従者くん、人に取り入るのは得意みたいだし？でも相手くらい選んだ方がいいわよ」

「そうですね。ろくでもない相手とつきあって一年半近く無駄にしてますし、今も妙な人たちに絡まれて大事な友達に迷惑をかけているので、肝に銘じておきます」

「な、っ……あなた知らないんでしょ⁉　夏目くんが、普通じゃないってこと」

「はあ？」

また何を言い出すのかと、思わず顔を顰めていた。

それをどう解釈したのか、リコ先輩が気を取り直したような笑みを浮かべる。厭な笑い方だと、改めて思った。

「素人のくせに、あんなに当たるなんておかしいじゃない。それでいろいろ調べたら、同じ地域出身の子が見つかったのよ。そしたら彼、地元では有名な狐憑《きつねつ》きだって――」

「それが、リコ先輩にどう関係するんです？」

自分でもぞっとするほど、冷ややかな声が出た。

余裕の笑みを浮かべていたはずのリコ先輩が、いきなり顔色を青くする。背後にいた彼女の友人たちが小さく悲鳴じみた声を上げるのが聞こえて、その全部がやけに気に障った。

「おーい細川？　戻ってこれる？」

くいっと襟首を引かれたものの、振り返る気になれない。というより、たぶん今の自分はすごい顔になっている気がするから、それを野崎に見せたいとは思えない。

「だ、って……山の中でいなくなったのに一週間後に麓の神社の、しかも外から鍵がかかったお社の中にいたとか。おなか空かせてなくて泣いた様子もなくて、記憶もないのに平然としてるとか、どう考えてもおかしいでしょ。以来失せ物探しが得意になったとか誰かの秘密を知ってて脅したとか、人が死ぬのを預言したとか。そんなの絶対に普通じゃないし」

「――おれが聞いたのは、そういう尾ひれ背びれがつきまくった伝聞じゃないんですけど？」

まだ続きそうな言葉を、わざと途中でぶち切った。しゃっくりでもするように黙ったリコ先輩に、そのままの勢いで言う。

「で？　夏目の事情がリコ先輩に何の関係があるんです？　ああ、答えにくいんだったら先輩が、どういう了見でそれを言ったのかを説明してくれても構いませんよ」

「そ、……かんけいとか、りょうけんって言ったって」

「一方的に人に答えを要求しておいて、まさか自分は答えないとは言いませんよねえ？」

「おいこらちょっと待て、こんなところでいったい何をっ」

雅巳の問いに被せるように、いきなり教室に飛び込んできたのは大宮だ。とたん、リコ先輩は半泣きでそれにしがみついた。

「浩二クン助けて、従者くんが、ひどっ……」

「ちょ、リコ先輩？　落ち着いて……って雅巳！　おまえ何言ったんだよ、先輩泣いてるじゃんかっ」

「とりあえず呼び捨てはやめてくれないかな。もう友達やめたんだし」

冷静に言い放ったら、嚙みつく勢いだった大宮が瞬間的に固まった。リコ先輩を庇《かば》うように立つ元恋人を前に、もしかして正義の味方のつもりなのかと思う。

それはそれで面倒さと鬱陶しさが自乗三乗になるため、うんざりするしかないのだが。

「だ、……って――あ、たしはただ、夏目くんに占って欲しかっただけ、で。ストーカーが怖いから、誰かに助けて欲しくて……っ」

涙声で訴えるリコ先輩は、自分を抱き込む大宮が凝固しているのに気づいていないらしい。本格的に泣き出す様子に、ああなるほどと気持ちが冷えた。――いつもそうやって、大宮の気を引いていたわけか。

「その件なら警察か、探偵に相談した方が建設的だと言ったはずですが。あと、そうやって泣くだけですぐ駆けつける馬鹿がそこにいるでしょう」

「じゅ、うしゃくんにはわからないわよ！　あ、たしがどれだけ――」

「……リコ先輩。自分は被害者だから、何を言っても何をしても構わないと思ってますよね」

こぼれたため息の中身は、苛立《いらだ》ちではなく諦観だ。それでも、雅巳は言葉を続ける。

「だから自分の都合は最優先されて当然で、相手の都合も事情も関係ない。内心で夏目を馬鹿にしていながら、自分には権利があるから利用してもいいと思ってる」

「――おい、まさみ」

「呼び捨てしかできないんだったら今度二度とおれの固有名詞は口に出さないでくれる？」

再起動したらしく顔を顰めた大宮が言うのを即答で一刀両断した。ぎょっとした様子に構わず、雅巳は淡々と続ける。

「リコ先輩がストーカーで困ってるのは気の毒だし大変だろうとは思うけど、それが全部の免罪符になると思われるのは迷惑だ。そもそもストーカーの件はリコ先輩個人の事情であって、夏目には関係ない。一方的に視るべきだと押しつけられて、言いなりになる義理もない。はっきり言いますけど、この場合の被害者はリコ先輩の我が儘を押しつけられてる夏目です。……おれに言わせれば、我が儘じゃなくただの言いがかりですけど」

「おい待て。それは、リコ先輩だって悪気があったわけじゃなくて」

「悪気がなくて、被害者なら何を言っても、してもいいんだ？　それでどんな迷惑を被っても仕方がないから諦めろって？　それ、まんまおまえの言い分じゃん」

　またしても口を挟んできた大宮を、今度はまっすぐに見据えてやる。とたんに落ち着かないふうに視線を逸らした元恋人に、この際とばかりに突きつけてやった。

「……去年おまえが勝手に人に譲ったあげく返してもらうのは無理だ諦めろって言い切った、おれの絶版本。あの後探して買い直すまで半年かかった上に値段は四倍だったんだよね。他にも、おれがおまえんちに忘れていった本、勝手に捨てられて全部買い直した。おまえ、それも全部悪気がなかった自分のせいじゃないですませたよな」

「は……え？　おい。何言っ……」

「アレが食べたいすぐ作れっていきなり連絡してきて、こっちが慌てて買い物して料理してるところで誰かから連絡もらって？　迷いもせず出かけたあげく夕飯はいらない、自分は食べないから食費も出さないっていうの、おまえ何回やった？　おまえが土壇場で予定変えたせいで払う羽目になったレストランとかのキャンセル料も、自分が予約したわけじゃないから払わないって言い張ったけど、あれも悪気はなかったわけだ。――それがおまえやリコ先輩にとっての常識なら、夏目が気分じゃないから占いはやらないって言ったところで何の問題もないよな。むしろ当たり前だで終わりだ」

　人の好意は先方主導でありがたく受け取るものであって、勝手な都合で強要したり、利用していいものじゃない。大宮みたいに当たり前だとふんぞり返るのも、リコ先輩のように権利とばかりに毟《むし》ろうとするのも論外だ。

「もっともおれに言わせると正当性があるのは夏目だけで、リコ先輩にもおまえにもそんなもん欠片もないけどな。おまえは自分勝手でリコ先輩は図々《ずうずう》しくて、どっちにしてもタチが悪いだけだ」

「ひ、ど……っ、何でそこまで言うの……っ？」

耳についた半泣きの声に、雅巳は短く息を吐く。改めて、リコ先輩を見た。

「今さらだけど、教えてあげましょうか。ちゃんと礼儀を持って、自分の事情を話して真摯《しんし》に助言を頼むような人が相手なら、きっと夏目も考えたと思いますよ。まあ、リコ先輩にはできないでしょうけど」

「な、に言っ……そ、のくらいあたしだって」

「無理ですよ。だってリコ先輩、露骨に夏目を馬鹿にして見下してるじゃないですか」

にっこり笑顔で言ったついでに、せっかくなので付け足した。

「まあ、別にいいんじゃないですか？　リコ先輩と大宮は似たもの同士で気が合うみたいだし、そのままふたりで仲良くすれば。ただ、おれはそういう人たちと関わりたくないので、今後二度と近寄らないでくださいね。もちろん夏目にもです」

「細川言ったなあ……とんでもねえ剛速球」

「いや、まあ聞いた限りでも無理はないかと」

「言ったことは間違ってないだろ。むしろよく我慢したもんだ」

すっきりした気分で息を吐いた時、横合いからここにはいないはずの人の声がした。

ぱっと振り返って、ぎょっとする。いつの間にか半開きになっていた扉の向こうに、部長とハヤト先輩と――どういうわけか夏目までが雁首《がんくび》を揃えていたのだ。

あまりのことに、言葉を失った。ぱくぱくと口だけ開閉させていると、相変わらず無表情なままの夏目が先輩たちの間を割るように入ってくる。じっと雅巳を見つめたかと思うと、唐突にリコ先輩と大宮に向き直った。

「今後いっさい占いをやる気はないと再三お伝えしましたが、少々訂正させていただきます」

「え」

「えっほんと?」

「ちょ、夏目っ」

思わず声を上げた順は、大宮・リコ先輩ときて最後が雅巳だ。そのせいか、夏目がちらりとこちらを振り返る。

まっすぐ向けられた視線は馴染みのもので、なのにどきりと心臓が跳ねた。それに気づいているのかどうか、夏目はすぐさま視線を大宮たちに戻す。

「今後占いをやる時は、自分で相手を選びます。――何があってもリコ先輩及び大宮サンの占いには応じるつもりはありませんので、覚えておいていただければと」

「えっ、嘘《うそ》でしょ、何で」

「おい待て、オレはともかくリコ先輩は」

抗議する大宮に庇われたまま、リコ先輩がまた泣き出す。それを他人事のように眺めて、夏目は眼鏡を押し上げた。

「ご存じないんですか。狐は人を化かすんです」

一拍後、「は？」と上がった声は見事に全員分だ。衆目の中、夏目は平然と言葉を継ぐ。

「狐憑きの言うことを、真に受けて信じるとでも？」

想定外過ぎたのか、それとも単に返事に詰まったのか。大宮とリコ先輩は脱力したように黙った。興味なしとばかりにそのふたりに背を向けて、夏目は改めて部長を見る。

「本日をもって正式に退部させていただきたいのですが」

「いや待ってくれ。こちらでもそれなりの対処は考えるつもりなんだが？」

「僕が残れば禍根を引き摺《ず》ります。僕としても、そこまでの労力を割いていただいてまで所属していたいわけではないので」

「言うなあ、おまえ」

ため息交じりにぼやいたのは、ハヤト先輩だ。それへ、雅巳は思い切って言う。

「あの、おれも辞めます。他に、もっとやりたいことが見つかったので」

横顔に当たる視線は、きっと夏目のものだ。察して、けれどあえてそちらは見なかった。

なのに、その夏目が言葉を挟んでくる。

「それは、僕のせいですか」

「え、まさか」

反射的に答えた後で、「うわ」と思った。けれど、近い距離で目が合った夏目はどこか寄る辺ない顔をしているようで、だから慌てて言葉を継ぐ。

「今言った通り、他にやりたいことがあるんだよ。大宮との接点を捨てたいってのもあるけど、それは夏目のこととは無関係だから」

バレた。というより、自分からバラしたようなものだ。いつから聞いていたのかは別としても、話の流れを知っている時点で夏目は大宮と雅巳の関係が変わったのに気づいている。だから、あえて「無関係」と強調した。少し離れた場所から「まさみぃ……」という声が聞こえたのは、この際だからガン無視でいい。

「細川はなあ……もともと大宮の付き添いってか、巻き添え入部だろ」

「その細川がいないと大宮グループが全然まとまらないんだが？」

「そこは大宮本人にどうにかさせるしかないんじゃないか？」

横から聞こえた会話からすると、ハヤト先輩の方はかなり察してくれていたようだ。そのことに、心の底から感謝した。

11

幸いにして、退部はその場で受理された。

ぐずぐずと泣くリコ先輩と大宮を放置して、雅巳はとっととその場を離脱した。

別れ際に「やる」の一言とともに四人分の映画鑑賞無料券をくれたハヤト先輩たちは、ほんの数分前にいつにない勢いで廊下をやってきた夏目と遭遇したのだそうだ。気になって声をかけたら「占い絡みの厄介事です」と言われて、放置できずについてきた。

そして、肝心の夏目がどうしてここに現れたのかと言えば――。

「ちょっと遅いよ。どこにいたのさ」

「所用があったので、敷地外に出ていました。ご連絡に感謝します」

「どういたしまして。まあ終わりよければすべて良しかな」

……ご機嫌で言う野崎からの通話着信で、事を知ったらしい。

「いやちょっと待って野崎、いつの間に夏目に電話？　ずっとおれの後ろにいたよね!?　っていうか、連絡先交換してたんだ？」

「門を入ってすぐのところで会った時にね。電話はあの部屋に細川が連れ込まれて、割とすぐだったかな。発信してスピーカーにしてたんだけど、夏目くんの察しの良さに救われた」

つまり、あの場どころか大学構内にすらいなかった夏目に、リコ先輩とのやりとりのほぼ全部を聞かれたということか。

　あまりのショックに、やたらにこやかーな野崎の襟首を締め上げてやりたくなった。

「野崎ぃ……」

「細川ひとりで立ち向かったって、ああいう人たちは絶対諦めないよ。その場合、次に被害が及ぶのは夏目くんだよね。何しろ細川以上に当事者なんだし」

「う、……」

　それにしても、断りの一言くらいあってもいいんじゃないのか。夏目と話ができたのは確かに嬉しいしありがたいとも思うが、いくら何でも恥ずかしすぎる。おかげで今も隣にいるのに、まともに顔を見られる心境じゃない。

「あ、いた細川に野崎っ」

　前から響いた声に顔を上げると、江本が駆け寄ってくるところだった。夏目の存在が気になったのか、数歩先で足を止めたのへ野崎が明るく声をかける。

「江本くん、無事ワッフル焼けた？　炭の出来具合は？」

「そりゃ最初の黒歴史……細川おまえ喋《しゃべ》ったな？」

「いやだから本当に最初だけだって。そもそも料理も初めてだったのに、その後一時間でちゃんと焼けるようになったんだから自慢していいと思うけど」

「フォローになってねえし」

呆れ顔で傍まで来たかと思うと、曲げた指の先で頭を小突かれた。そこに、野崎が思い出したように言う。

「江本くん、この後時間あるかな。できれば案内お願いしたいんだけど」

「そりゃ構わないが、細川は」

「大宮くん関連で一波乱あったんで、その後始末がね。おかげで俺、見学も買い食いもできてないいんだよねえ」

「はあ？　結局やらかしたのかあの野郎」

野崎の言い分に、今さらそういえばそうだったと気づく。じゃあ案内しないとと思ったところで、野崎が呑気《のんき》に江本を見上げて言った。

「しっかりやらかしたけど、うまく決着がついたから大丈夫。——そういうことなんで夏目くん、細川連れてっちゃっていいよ」

「は？　え？　ちょっと待っ」

「それが後始末か」

「そう。被害者連盟みたいなものかな」

「ああなるほど」

引き合わせた時と同じく、野崎と江本は疎通してしまったらしい。「また後で」と口を揃え、肩を並べて離れていってしまった。

急転直下の状況に、友人ふたりを呆然《ぼうぜん》と見送るしかなかった。そこに、珍しく躊躇いがちな夏目の声がかかる。

「センパイ、少し時間いただいて構いませんか。話したいことがあります」

「え、あ、いやうん、そのおれでよければ……っ」

上擦ってひっくり返った自分の声を聞いて、その場に穴を掘って埋まりたくなった。何度か咳払《せきばら》いをし、辛うじて体裁を整えてからそろりと見やると、夏目はあの懐かしいまっすぐな目でじっと雅巳を見つめている。

場違いなのは承知で、泣きたくなった。

これで仲直りなんて、簡単なことを考えたわけじゃない。ただ、もう二度とないと思っていた視線を貰えることが――「センパイ」と呼んでもらえることが、染み入るように嬉しかった。

夏目に案内された場所は、予想外にも――そのくせ納得できることに、バイト先の古書店だった。

「すみません、場所を借りたいんですが」

平然とそう声をかけた夏目に、カウンター奥で眼鏡をかけ本を検分していた店主がゆるりと顔を上げる。軽く瞬いたかと思うと、栞《しおり》代わりのように指を挟んでページを閉じた。
「お？　……おう、好きに使え。散らかすなよ。あと、泣かすんじゃねえぞ」
「いやおれ泣きません、よ⁉」
明らかに雅巳を見た上での最後の一言に、思わず言い返していた。それを店主には宥める
ような顔で、振り返った夏目には不思議そうに見られて、何とも決まりが悪くなる。
店主から小さな鍵を受け取った夏目が、雅巳を促して歩き出す。向かった先は店の奥の、
わずかに書架がない壁際――人ひとり通るのがやっとだろう狭いドアの前だった。
存在はもちろん知っていたが、店主はもちろん客からも話題にならない。なのでもう使っ
ていない小さな物置でもあるのかと思っていた、のだが。
「は、え？　嘘、何で奥に階段……？」
「どうぞ」
促す夏目は、今ここで疑問に答える気はないらしい。なので、素直に先にドアをくぐった。
狭い上にすぐ折れ曲がる螺旋《らせん》に近い形の階段を登ると、その先の小さな踊り場に面してふた
つの引き戸が目に入る。
夏目に言われて、手前の引き戸に手をかける。開けた視界の先は予想していたより小さな、
二畳半ほどの空間だった。古びて変色した畳敷きに壁いっぱいの幅の、それでも小さな窓が
見えている。左右は昔懐かしい砂壁で、押し入れのようなものは見当たらない。

「ええと、……ここって」

「何年か前まで、常連の調べ物用に貸していた部屋だそうです。管理が面倒になったところに設備関連のクレームが出たので使用中止にしたとか」

「設備関連？」

「砂壁が落ちるのをどうにかしろと煩く言われたのと、パソコンを繋げたとたんブレーカーが落ちたのと、あとはエアコンなしの扇風機に物言いがあったと聞いています」

「あー……そっか、なるほど」

個人的には好みのレトロさ加減だし、このくらい狭い方が集中しやすい。雅巳は扇風機の方が好きだから平気だと思うが、そこは人それぞれなのだろう。納得し頷いていると、苦笑交じりの声に促された。

「座りませんか」

「あ、うん。ええと、その」

言われるまま畳に腰を下ろして、いきなり落ち着かない気分になる。今頃気づいてどうすると思うが、この狭い中に夏目とふたりきりだ。

そういえば、話があると言っていた。けれどそれなら構内でも、途中にあった喫茶店でも公園でもよかったはずで、わざわざここに来るあたり人に聞かれてまずいことでもあるのか。

するりと至った思考に、いきなり緊張してきた。真正面に座った夏目を見ていられず、雅巳はついつい足元の畳を見てしまう。と、かすかに息を吸う音の後で低い声がした。

「まず最初に、謝らせてください。ご迷惑をおかけして、すみませんでした」

「は？」

思いがけない言葉に、ぱっと顔を上げてしまった。目の前の夏目はきっちり正座して頭を下げていて、しばらく茫然と眺めてしまう。数秒後、慌てて言った。

「え、いやだからそれ違うってさっき言ったろ？　夏目はちゃんと言うべきことを言ってたんだし、問題はそれを聞かなかったリコ先輩や大宮の方で」

「でも発端は僕です。……さっきの話だと、大宮サンからもしつこく言われてたんですよね？」

顔を上げた夏目が、生真面目な顔で言う。それへ、「違うって」と手を振ってみせた。

「片っ端から断ってたし、視てほしいなら夏目に言えって焚《た》きつけてたくらいで」

「それは当然のことだと思いますが」

「や、でも夏目が厭がってるの承知の上だったからさ。……その、こっちもごめん？」

決まり悪く頭を下げて、そろりと様子を窺ってみた。夏目はといえばそんな雅巳を不可解そうに眺めていて、おもむろに指を鼻に押し当てる。ひとつ息を吐いて言った。

「センパイ、大宮サンと別れたんですね」

「うん。いろいろあって、やっと目が覚めたっていうかさ。今日リコ先輩と大宮と話してて、おれ何回も自分に呆れたよ。そこまで馬鹿だったのかって」

他に言いようがなくて、だからあえて笑って言ってみた。その続きで、雅巳はずっと言いたくて、けれど機会はないと諦めていた言葉を唇に乗せる。

「今さらだけど、ごめん。夏目がせっかく忠告してくれてたのに、変に八つ当たりした。悪かったと思ってる。本当に、ごめんなさい」

潔く、畳につくほど頭を下げた。返事があるまで頭を上げない決心でいたら、微妙に困ったような声で「センパイ」と呼ばれる。

「それは、……僕の方もその、いろいろ思うところがあったので。言い方にも問題があったかと」

「でも、理不尽だったのはおれの方だ」

そろりと顔を上げてみたら、夏目は珍しく本当に困った顔をしていた。

そんな顔を初めて見たと、妙に嬉しくなった自分に内心で呆れた。

「夏目が忠告してくれたのにしゃんとできなくて、大宮に迎合したのを指摘されたあげく逆ギレとかさ。夏目は全然悪くないじゃん？　あと、それとは別に謝っておきたいことがあるんだ。その、結局サンプルとしても失格だったなって」

「では、もう大宮サンへの気持ちはまったく？」

「すっからかんだよ。干上がった池みたいなもん。あと、おれの大宮への好きって現在進行形じゃなくて、去年の気持ちを引きずってただけだったのかもしれない。……だから、もうおれ夏目のサンプルすんのは無理だと思う」

言い切って、もう一度頭を下げる。言うことは言ったと妙な達成感に浸っていると、ふいに夏目の声のトーンが代わった。

「それは——でも、僕はそうは思いませんが」

「へ？」

「センパイは、基本的に一途でまっすぐな人ですから。今回は相手が悪かったと言いますか、……少々対処を間違えただけで」

「え、と」

それは、もしや今後もサンプル扱いしたいということか。

一瞬喜んで、しかし直後に底まで落ちた。そんな心境で、雅巳は顔をひきつらせる。好きな相手が自分の恋愛観察を希望しているなど、まったくもって不毛でどうしようもない。

「いやそのごめん、もうおれサンプルやるのはちょっと」

「当分恋愛する気はないと？　それならそれで、そういう気持ちになるまで待ちますが」

絶賛片思い中の相手から、他の人間との恋愛を推奨されるとは。とてもしょっぱい気分で、雅巳は顔を押さえた。

「センパイ？　——もしかして、迷惑でしょうか。やはり、僕はもう近づかない方が」

「ちょ、いや待てそれは違うから！　そこで自分のせいにする必要ないからっ」

目の前の夏目がらしくもなくしゅんとするのを目にして、泡を食って否定した。いったいコレは何をどうすればいいのかと、つい顔を覆ってしまう。

指の間から垣間《かいま》見た夏目は、やっぱりどこか精彩を欠いている。

リコ先輩と大宮の騒ぎが尾を引いたのか、他に理由があるのかはわからない。けれど先ほど唐突に謝っていたことも併せてみれば、らしくもなくナーバスになっている。

裏返して言えば、このまま押し切って終わらせることもきっと可能だ。ただ、そうしたらきっと夏目の側に妙なしこりが残ってしまう。

「……うぁ、……」

結局、全部白状するしかないのか。確定済みの失恋をわざわざ実地で体験するとか、いくら何でもマゾすぎる。

「それも自業自得とか言う……？」

「はい？」

思わずこぼれたぼやきに、夏目が不思議そうに瞬く。迷いのないまっすぐな視線に、この目が好きなんだと改めて実感した。

夏目はずっと夏目らしく、微妙に不遜《ふそん》な自信家でいて欲しい。よりにもよって雅巳のせいで、変に曇って欲しくない。

――だったらもう、観念するしかないんじゃないのか。

（細川って一途っていうかけなげっていうか猪だよね）

（いったん好きになったらとことん好意的なフィルターがかかるっていうかさ）

野崎の言葉通り、雅巳は好きな相手を前にすると猪に変化する。きっとあっという間に夏目に甘く寛大になるはずで、聡《さと》い夏目ならすぐにそれと気づくだろう。

大宮との関係を、ある意味雅巳自身よりよく知っている夏目だ。つまり、雅巳が夏目に抱《いだ》く気持ちも、遠からず察してしまうに違いなく。

「えーと、だな。サンプルが無理なのは夏目のせいじゃないんだ。その、おれの方の都合というか事情みたいなもんで」

告白した方が早いのはわかっている。恋愛に興味がない夏目ならきっと、言い方と対応次第でそれなりのつきあいは続けられる。具体的には気持ちを無理強いする気はないと明言し、今までと同じ距離を保てばいい。

けれど、……だからといってすぐさま割り切って口に出せるわけもない。

「どういう事情で都合なのか、具体的にお聞きしても？」

「やっぱりそう来るか。えーと、前に夏目が言ってたよな。すぐ心変わりするとか、二股はあり得ないって」

「はあ。二心ありというのは、結局どちらにも気持ちがないということだと分析しますので」

「うわ痛」

即答が、槍《やり》になってぐっさり心臓に刺さった気がした。とはいえ、ここまで来たら引き返すのは不可能だ。もとい、夏目ならきっと全部の道を塞《ふさ》いでくるに決まっている。

……つくづく、相手が悪かった。いや、そういうところが夏目なんだし、それも知った上で好きなんだけれども。

「夏目はさ、好きでもない相手から告白されたらどう思う……？　その、知り合いの距離にいたいだけだから、恋人になる必要はないっていう前提で」

「その告白の主旨が理解できません」

「そっかー……なるほどー」

これが、約二十年恋愛したことがない男の価値観か。納得して、いきなり開き直りが来た。雅巳が予想したって無駄だ。大好きな相手であっても、雅巳にとっての夏目はまだまだ未知数で、それこそびっくり箱に近い。つまり、こちらが思ったような反応が来ることは滅多にない。だったらもう、腹を括《くく》るしかない。

「じゃあ本題に行く。おれさ、とっくにその二心状態になってたみたいなんだ。そうなると、サンプルにならないだろ？」

「……――相手は誰ですか」

「は？　えー……そこはまあ、その何て言うかさ……」

往生際悪く怯《ひる》んだ雅巳の前で、夏目はいつもの仕草で眼鏡を押し上げる。気のせいか、その奥の目が光ったような気がした。

「センパイ、そこまで器用じゃないですよね。その言い方だと気づいたのはごく最近のようですが、そもそも以前のセンパイは全身全霊が大宮サンに向いていましたよね？　そうなるとごく最近近づいた相手か、あるいはもともと身近な相手への認識が変わったということに――……それで？　野崎さんですか、それとも江本さんの方、」

「ちょっと待て、何でそこでピンポイント⁉」

「センパイ、実は警戒心強いでしょう。人懐こく見えるのは擬態ですよね。そういう人が安易に一目惚《ひとめぼ》れするとは思えませんし、万一そうならいかにセンパイでも気づくはずです」

「……どう聞いても馬鹿にされてる気がするんだけど⁉　ああもう、……わかった、覚悟して聞けよ。その相手、おまえだから！」

破れかぶれと勢いで、思い切り夏目を指さしてしまった。

眼鏡の奥で瞬いた夏目が、そのまま静止する。数秒の間合いを挟んで、ぽつりと言う。

「……――はい？　それは、どういう」

「だから。おれが好きなのは、夏目なの！　おれ鈍いっていうか、ずっと大宮が好きだと思い込んでたから気づかなかったけど！　ツアーの昼に言い合いした後はずっと、大宮と喧嘩になってても夏目のことしか頭になかったしっ」

思い切り宣言しながら、ここがキャンパスや喫茶店や公園でなくてよかったと心底思った。

遅れて熱くなっていく顔は、間違いなく真っ赤だ。隠しようもなく睨みつけてやったのに、夏目は先ほどと同じ顔でこちらを見たままで、まともな反応を見せない。

「何だよ。異論でもある？」

「……いえ。意外過ぎるといいますか、あり得ないことが起きたという心境で」

「安心していいよ。つきあってくれとか言わないし、つきまとうつもりもないから。ただ大学でたまーに出くわした時とか、バイト先とかで今みたいに喋ってくれたらそれで十分――」

「想定外過ぎて、対応がわからないんですが。――僕は、ツアーに参加する前から大宮サンにむかついていたんです」

「はい？」

言葉を遮られたことより、言われた内容の方に虚を衝かれた。呼吸を忘れて瞬く雅巳を相変わらずじっと見つめたままで、夏目はいつもの口調で言う。

「センパイに、あれだけ想われているのにどうして蔑《ないがし》ろにできるのか。恋人扱いで束縛しておいて、何で自分は勝手でいいと決めているのか。あと、そんな男をどうしてセンパイは好きだと言い続けるのか、と。――僕ならきっと、もっと大事にして、絶対に厭な思いはさせない……させたくない、と」

言い終えた夏目が、ふっと口を閉じる。とたんに落ちた沈黙は、重くはないのに何かがぱんぱんに詰まってでもいるようで、何か言おうにも言葉がまとまってくれない。

「——……ええ、と？」

ややあってこぼれたのは、声というより吐息だ。縛り付けられたように動かせない視線の先、いつも通り無表情で泰然としている夏目の顔は、けれどいつになく赤く染まって、いて。

「あの、さ。そういうこと言われると、おれ、期待する、んだけど……？」

「それは、……是非、そうしていただければと」

「は？　え、その、マジで？　夏目、正気？」

ぼろぼろとこぼれた物言いは、よく考えるととても失礼だ。そう思うのに、訂正する気になれない。今起きたことが——聞いた言葉が、信じられない。

「僕は、以前話したように恋愛したことがありません。大宮サンのようにすんなりと、それらしいことはできないだろうと思います。センパイからすれば物足りなくも、頼りなくも感じるでしょうし、いずれ困らせることにもなるだろうとも承知、してはいるんですが」

「それはいいけどおれ男だよ？　女の子じゃないし、前に恋人もいたし可愛くないとかスレてるとか言われたこともあったりするけど、夏目はそんなんでもいいの、かな……」

尻すぼみになる声と一緒に、視線までも落ちていく。膝の上の自分の手を見ていたら、ふと前から伸びた手にその指を取られた。

「僕が気になったのも見ていたいと思ったのも、笑ってほしいと感じたのも、細川センパイだけです。気持ちというのがここまでままならないものだということを、初めて知りました」

　嬉しかったんです、と夏目は言った。

「お会いした神社で神隠しの話をしたのは、ほぼ感傷でした。なのに、センパイが気にしたのは物珍しさではなく僕の気持ち、で。僕は確かに変わり者で、そういう扱いには慣れていたのにセンパイは全然違っていて。——先ほどリコ先輩が仰《おっしゃ》ったことに対しても」

「だってあれ、明らかにリコ先輩がおかしいじゃん。伝聞を事実みたいに喋ってるのもどうかと思うし、夏目にそういう能力があったとして、他人がどうこう言うことじゃないよね？」

「悪い話もあったと思いますが？　人を脅したとか、死ぬのを預言したとか」

「個人的ゴシップに興味ない夏目が、何のために？　そもそも人を脅すようなリスクは取らないだろ。預言とかに関しては、あったとしても防止のためにじゃないかと思うしさ」

「どうしてそこまで言えるんです？」

「夏目、スジが通らないこと嫌いじゃん。あと、案外面倒くさがり。合宿明けなんか例の占いで悪さし放題だったのに、何もやってないしさ」

「……——」

　黙って見返す夏目は、相変わらず雅巳の指を握ったままだ。ややあって、長い息を吐く。

「確かに面倒は嫌いですね。——それに、噂は噂であって、事実とは違います」

「それでいいんじゃないかな。あと、大丈夫だと思うよ。さっきの感じだと、顰蹙買ったのは全面的にリコ先輩と大宮の方」

わざとにやりと笑ってみせたら、夏目はようやく頬を緩めた。そこで唐突に、そのくせ狙っていたように音がする。

雅巳の腹の虫、の。

あまりにあまりなタイミングに、顔から上が火を噴いた。

「……うわ、ちょ、今のなし！　聞かなかったってことで！　っていうか、もう昼過ぎてんじゃん、話がそれだけなら何か食べに行こ！」

そそくさと腰を上げた雅巳をきょとんと見返した夏目が、頷いて立ち上がる。その間も握った指はそのままで、今さらに気がついた。——確か今、夏目に告白して「自分も」と言われたのではなかったか。

「センパイは、どこに行きたいですか」

「え、おれ？　ええと、せっかく学祭中だから構内で何か、」

いつも通りの夏目の声に拍子抜けして、「もしかしてアレは白昼夢」という疑惑が浮かぶ。だとしたら悲しすぎると記憶を掘り返していたせいで、注意が足りなかったらしい。促されるまま引き戸をくぐったとたんに足元がなくなって、がくんと大きくバランスが崩れた。

「え、わっ」

「センパイ⁉」

ぎょっとして声を上げたのと、背後から強い力に引っ張られたのがほぼ同時だった。無意識にぎゅっと閉じていた目をそろりと開くと、目の前は細くて急な下り階段で、今さらに自分がいた場所の位置を思い出す。

「だいじょうぶ、ですか。怪我は」

「あ、……うんごめん、平気」

間近の声に答えた後で、足がちゃんとついていることに気づく。へたった柔らかさに畳だと思ってよく見れば、雅巳は引き戸のこちら側の小部屋に引き戻されていた。

「すみません、足元注意だといえば良かったのに」

「いやそれ違うって、おれがぼーっとしてた、か、ら……？」

ぱっと顔を上げて、唐突に気づく。今の雅巳は階段に出る引き戸の横、砂壁に凭れて立っている。そして、どういうわけだかその真ん前に――それこそあと数センチの距離に夏目がいて、ひどく心配そうな顔で見下ろされていた。

もしかして、コレは世に言う壁ドンというヤツではないのか。……古いけど。

逃避気味にそう思ったとたん、夏目がさらに顔を寄せてきた。現状把握できず瞬いた耳に、囁《ささや》くような声が落ちてくる。

「あの、……触っても、いいでしょうか」

「は、……え？　あ、うん、ええと、その……どうぞ？」

白状するが、こうもきちんとお伺いを立ててもらったのは初めてだ。高校の時の相手も大宮にしてもムードもなく唐突なのが常で、そのせいか爆発したみたいに顔が熱くなった。

「その、厭でしたら逃げていただいて構いません、ので」

「いやその、厭だったらそもそもここでおとなしくして、ない――……いっ」

夏目の語尾が、吐息になって唇に触れた――と思ったのと同時に、がちんという固い音と骨に染みる痛みが響く。

つまり、キスしたはず、だったらしい。

思わず唇を押さえたのは、雅巳だけじゃなく夏目も一緒だ。目元だけでもいかにも痛そうな表情とばつが悪そうな顔つきに、まずいと知りつつ笑えてきた。それでも一応奥歯を噛んで、表に出さないよう堪えてみた、のだが。

「……センパイ、笑いたいなら存分にどうぞ」

「え、あ、いやそうじゃなくて、ごめんその、馬鹿にしたとかでもなくて。さっき一瞬、夏目から告白してもらったのって実は夢だったんじゃないかとか思ったせい、でっ」

必死で言いつのったものの、どうにも笑いが止まらなかった。そのせいか、見下ろす夏目は微妙に不機嫌そうで、それも今は拗ねているように見えてしまう。

「夢、ではないですよ。僕は、ちゃんとセンパイがすき、です」

「あ、う……うん、ありがとう。その、おれも、好き」

直球の告白に、また顔が熱くなる。気のせいか、息苦しくすらなってきた。なのにそれすら嬉しくて、雅巳は思わず両手を伸ばす。まだ至近距離にいた夏目の首に腕を回して、軽く触れるだけのキスを返した。

12

「センパイは座っててください」と何度めかに言われて、雅巳は「えー」と声を上げた。

「何で。せっかく夏目が料理するんだし、見ていたいんだけど」

「あいにくですが、センパイに見られていると緊張します。手が震えたあげく、入れてはいけないものを入れてしまうかもしれません。あと、センパイはふだんバイトで忙しいんですから、たまにはお茶でも飲んで休憩すべきです」

相変わらずと言うのか、前より磨きがかかったと言うのか。いずれにしても理屈で夏目に勝つのはまず無理だ。諦めて、わかりやすく拗ねた顔を作ってから、雅巳はワンルームの真ん中に置かれたローテーブルに移動する。

そこに置かれた湯気の立つカップの中身は柚子茶《ゆずちゃ》だ。ここに来るなり夏目が淹れてくれたものだが、たぶん原因は昨日の別れ際に雅巳が少し咳《せ》き込んだことにある。

何しろ夏目はこれまで自炊とは無縁だったのだ。初めてここを訪れた時にあったのはコップがひとつだけで、湯飲みどころか湯沸かしすら存在していなかった。

なので、最初は雅巳のアパートに招待して、一緒に夕食にした。その時の夏目は恐縮半分興味半分で雅巳が料理するのを真横でガン見し、出来上がった料理を吟味していた。

出来立ての恋人に手料理を食べてもらうとなると、やっぱり緊張する。箸を持ったまま注視してしまった雅巳の前で、夏目は表情を変えずに見事に平らげてくれた。

聞いた言葉は「美味しかったです」だけだ。けれど何度か一緒に食べていると、わずかな顔つきの変化や仕草で答えが出る。

好物が出るとわかりやすくゆっくりになる箸運びとか、味わうような仕草だとか。器につゆひとつ残さないきれいな食べ方とか、少しだけ上がったままの口角とか。――そうやって食べ終えた後、当たり前のように後片付けを引き受けてくれるところだとか。

そして本日とうとう、夏目の好奇心が発動したらしい。つまり、「見ている」のではなく「自分でやってみる」方向だ。

つきあい始めてから、まだ一週間だ。けれどその間の夏目が古書店で読む本つまり買い込む本の中に料理本が交じるようになった。出汁《だし》の取り方や包丁の使い方といった基本のものからやや手の込んだ創作系といろいろ手を出していると思ってはいた、のだが。

「……いつのまにこんなに増えてんの」

そう広くもないワンルームの壁際で自己主張するぎっしり中身が詰まった背の高い書棚と

壁の、ごく狭い隙間。そこにどどんと積み上がった大判の薄いあれは、間違いなく料理本だ。

「やっぱ凝り性……」

何となく知っていたことを再認識して、素直に「凄い」と思う。雅巳もそこそこ好奇心はあるけれど、あそこまで徹底的にはなれない。思いながら悪い気がしないのは、昨日夏目がぽそりと落としたつぶやきのせいだ。

（僕だって、センパイに美味しい顔させたいじゃないですか）

「かーわいい……って本人に言ったら拗ねるんだった」

ちらりと目を向けた先、夏目は真剣な顔でコンロの上のフライパンに菜箸を使っている。先ほど包丁を使っている時もさほど危なくは見えなかったが、それはそれでどうなのか。

正直、初心者には見えないのだが。

「夏目って、実は相当ハイスペックな気がするんだよね……」

──大学祭が終わって、今日で六日になる。

あの後大学に戻って間もなく、にやにや笑いの野崎と怪訝顔の江本に捕まった。改めて江本と夏目を引き合わせてから四人で昼食にして、その夕方までは何となく一緒にいた。

意外なことに江本と夏目はそれなりに親しくなっていたし、雅巳は隙を見た野崎に捕まり状況を訊かれた。もといい、興味津々な顔で「ちゃんとくっついたみたいで重畳」と言われた。

（何それどこの悪代官だよ）

（キューピッドの間違いだろ？　どう見ても両思いだったし、それならくっつくに越したことないじゃん。今だけでいいからちょっと感謝して）

（う、ん。その、ありがとう）

野崎が機転をきかせてくれたからこそ、無事片付いたのだ。なのできっちり感謝を示し、その上でしこたまご馳走しておいた。

「センパイ、お待たせしてすみません。夕飯にしましょう」

「あ、うん。運ぶの手伝うよ」

今日は雅巳のバイトがなかったため、時刻はまだ十九時過ぎだ。逆算すると夏目は小一時間ほどで夕食を作ったわけで、いくら何でも手際が良すぎないかと思う。

テーブルに並んだ料理がそこそこ手が込んでいて、なのにきれいに美味しそうに盛り付けられているから、なおさら。

揃って「いただきます」と手を合わせてから、箸を手に取る。それきり動かなくなった夏目がじっとこちらを見ているのが気になったけれど、理由がわかるからあえてスルーした。知らないフリで、メインの鶏とキャベツときのこを使った料理を口に運んでみる。

「え、何これ美味し……って、マジ？　初めてだよね⁉」

「センパイの、お手本がありましたから」

ほっとしたのか、ようやく食事を始めた夏目がさらりと言う。

「そういう問題？　だって夏目、ほぼ見てただけじゃん！　質問なんかちょろっとで、なのに——うわ、何この味噌汁、好みなんだけどっ」

一応料理をするせいか、雅巳はそこそこ味には煩いつもりだ。なのに、メインと味噌汁だけでなく付け合わせの和《あ》え物や、浅漬けまで好みど真ん中なのはどういうわけか。

「センパイの料理をベースにしただけです。そう難しいことでは」

「いやおれ最初はかなり失敗したよ？　味付け失敗して泣きながら食べたこともあったし」

「……化学の実験と大差ないと思いますが？」

「夏目それ相手によっては厭味に取られるから口に出すのやめとけよ」

平淡に言い切った雅巳に、ようやく何かを感じたらしい。怪訝そうに、それでも素直に頷いてくれた夏目は、つきあい始めて知ったけれど恋人としてもハイスペックだ。何しろ今も、当然のように自分が片付けに立とうとした。

「作ってもらった人が片付ける。——だよね？」

もちろん即座に席を立って阻止した。「いやでも」とか、「自分で散らかしたんだから片付けも自分が」と言い張る夏目を睨《ね》めつけて、わざと口調を強くする。

「何。おれの言うことが聞けないとか言う？」

「……——」

これを言うと困ったように黙るのは、恋人になって二日目に偶然の経緯で判明した。以来、こういう時限定でフル活用させてもらっている。とはいえ夏目は納得できないらしく、洗い物を始めた雅巳の真横に立ってじっとこちらを見つめてきた。

驚異的なことに調理器具のほとんどが片付いていたため、洗い物が終わるのはすぐだ。最後に使ったふきんをきれいに洗い、場所を探して干してしまってから、雅巳は改めて傍らの恋人に目を向ける。

真横に立っているのだから、視線がぶつかるのもすぐだ。相変わらず真面目な顔でじっと見ている夏目に苦笑して、雅巳は首を傾げてみせる。

「お疲れさん。何か飲む？　柚子茶も美味しかったけど、おれ別のお茶持ってきてて」

「お願いが、あるんですが。——センパイに、触ってみてもいいでしょうか」

「……はい？」

真剣勝負を挑むような顔と、言われた内容が噛み合わなすぎて一瞬理解できなかった。

笑顔で固まった雅巳に気づいてか、夏目が少しだけ眉を下げる。視線を逸らして言った。

「いえ、ご迷惑なら——不快なら、無理にとは」

「いや待って勝手に決めるのやめて。っていうか夏目、ここんとこ会うたびおれに爆弾落としてくるのってわざとだよね⁉」

「爆弾を、落とした記憶はありませんが」

わずかに眉を上げるのは「心外」というサインだ。字面通りに取ればそれも間違いではなくて、雅巳は「う」と返事に詰まる。

大学祭最終日は、「リベンジさせていただいて構いませんか」で、つまりキスのやり直しだった。その次は「手を握ったら不快ですか」で、場所がバイト先だったから心臓がヤバくなった。その後は「もっと一緒にいたいんですが、迷惑ですか」で、らしい言い方だと思いながら「とんでもないっ」と即答した。

いつも真面目な顔で、とても大事なことのように言われるから、余計に落ち着かなくなるのだ。三人目の恋人のくせに何を今さらと言われても過去の経験がと思ってみても、夏目の雰囲気と物言いの前には何の意味もなくなってしまう。

……思うに大宮が相手の時は、もっとそれなりに余裕があったはず、なのだが。

「センパイ？　何を考えました？」

ふらっと思考が揺れたタイミングを、知っていたように突っ込んでこられて物陰から脅された気分になった。即答で「いや何でもっ」と返事をした時にはもう、雅巳はシンクを背に目の前に立つ夏目に完全に捕まっている。

「えー、と。その、……触るって、どのくらい……？」

キスだけなら、一応、それなりに慣れた。少なくとも歯をぶつけて痛い思いをすることはなくなったし、昨日にはもう少し進んでお互いの舌先の体温を確かめ合った。

けれど、夏目の本意は言ってくれない限り不明だ。何しろこの恋人は前日同じ質問をしてキスしてきておきながら、翌日には抱きしめて終わることだってある。おかげで雅巳は別れた後になって、自分の気持ちを持て余すこともあるわけで——いやその、期待していなかったと言えば嘘になるくらいには、目の前の恋人に対してそれなりの欲求があるわけで。

「今夜は泊まっていただけますか」

「……え、あ、うん、それは、もちろん——夏目が、いいんだったら」

どきんと心臓が跳ねたものの、必死で自制をする。夏目のことだから夜通し話したいとか単にいちゃいちゃしたいだけどか、もしかしていわゆる親が子にするような意味での添い寝をしたいだけ、という可能性だってあるのだ。何しろびっくり箱だから、妙な期待をするのはいかがなものかと、

「では布団を出します。作法としては先にシャワーを浴びておいた方がいいようなので、センパイが先にどうぞ。……訊くのが遅れましたが、体調はいかがですか?」

思ったところに予想外の単語が並んだせいで、思い切り混乱した。

「ふとん、……さほう、たいちょう? あ、うん平気。柚子茶のおかげで喉も落ち着いた」

「そうですか。それなら、その……本当に、いいでしょうか」

今の今まで淡々としていた夏目が、急に言い淀《よど》む。急な変化についていけずに瞬くと、夏目が視線を彷徨《うろつ》かせた。ちらりと近くの棚に目をやり、ぽそりと言う。

「その、初回であってもそうでなくとも、それなりにダメージがあると聞きました、ので」

「だめーじ、って何の――っい、いやわかった、ごめん！」

きょとんとして、何となく夏目の視線を追い掛けた先にあったのは、大宮とのつきあいでは滅多に使うことがなかったもの――つまりいわゆる避妊具だ。おまけにその横には、何やら液体入りの瓶まで並んでいる……と、いうことは。つまり？

「え、待って。それっておれとえっちする……っていうか、したい、ってこと？」

わかったはずなのに認識したら意外すぎて、ついそんな言葉が口から出ていた。直後にヤバいと気づいて口を手で塞いだものの、その時には夏目が首を傾げている。

「えっち、する……？」

年下の恋人がとても真面目な顔で、不思議そうに繰り返す。それがどれだけの破壊力とダメージを齎《もたら》すのかを、雅巳は身をもって思い知ることとなった。

こういうことは、実はなし崩しの方が心臓に優しいのかもしれない。

「センパイ、すみません。お待たせしました。湯冷めしていませんか？」

「え、いや大丈夫っ、家の中だしまだそう冷えてないし、その」

きっちり敷かれた布団の上、何となく正座してじっとしていた雅巳は、ふいに横からかかった声に思わず肩を跳ね上げた。反射的に目をやった先、濡《ぬ》れ髪眼鏡なしでTシャツにハーフパンツというラフな姿の夏目を見つけて、今度は心臓が大きく跳ねる。

……言われるまま先にシャワーを使ってしまうと、後は「待つ」しかない。

ということに、夏目が浴室に入ってから気がついたわけだ。つまりいわゆる明確に「これからします」状態での待機だったわけだが、これが予想以上に落ち着かなかった。

たとえて言うならバンジージャンプの順番が来て、いざお立ち台の上でこれから飛びますよという状況――とそこまで考えて、いや似ている気がするけど違うと思い直す。状況的には準備万端整えて、つまりこれから「食われます」状態で据え膳に乗っかっている……のが自分か、とかなり正確に表現してみて、その内容に気持ちがやられた。

つまりは、どんな顔をすればいいのかわからない。近づいてくる夏目を、どんな目で見ればいいのか思いつかない。

「……センパイ？　やっぱり気が向きませんか。でしたら無理に今日でなくとも」

布団の上に膝をついた夏目が、遠慮がちに覗き込んでくる。近くなったその顔が気になって、勝手に手が動いていた。

いつもはフレームに遮られている眦の辺りに、そっと触れてみる。突然だったのに夏目はわずかに身動《みじろ》いだだけで、じっと雅巳を見つめてきた。

「夏目、……眼鏡ないと印象が違う、よね」

「気になりますか。かけた方がいいですか？」

「どっちでも。だって夏目は夏目じゃん」

言いながら、つい思い出し笑いが出た。

キスの時に眼鏡が邪魔だと気がついたのは、雅巳の部屋での三度目の時だ。初回はそれどころじゃなくて、二度目は変に緊張して、存在すら意識しなかった。まるっと初めてだった夏目はともかく、これが三人目な上に前のふたりからは異口同音に「スレてきた」と言われた自分までそうだった。それはきっと、夏目が相手だからだ。

――今、こんなふうに妙に緊張している、のも。

「ええと、気が向かないとかじゃなくて。こういう、いかにもなお膳立てとか意思確認とか風呂とか初めてだから慣れないっていうか、据え膳みたいだとかそういうこと考える余地がありすぎて、そのつまり、カマトトみたいだけど何かすんごい恥ずかしくてしにそう……」

「厭じゃない」とだけ答えるはずがそれでは足りない気がして、長い上に支離滅裂になった。我ながらどうしてこうもムードがないのかと落胆して、ついつい視線が下を向いてしまう。

「……大宮さんやその前の人とは、だったら準備も確認もなく？」

「うん。その場の勢いっていうか、相手がその気になった時に強引に押されるみたいな？だいたいはいきなり、だったと思――」

「それは、無理矢理ということですか」

珍しく、強い声で遮られた。それが妙に落ち着かなくて、雅巳は慌てて言葉を探す。

「そ、こまではない、かな。おれもそれなりに好奇心があったし、その割に結構すぐ飽きられたっていうか面倒になったみたいで、たぶん女の子の方がよかったとか？　あ、でも大宮は外泊するとシトラスの匂いがしてたから、もしかして男だったのかもだけど」

「――センパイ」

「はいっ⁉」

ゆったりとした静かな声だったのに、勝手にぴんっと背すじがのびた。整列した幼稚園児よろしく夏目を見上げていると、まだ生乾きの横髪をそっと引っ張られる。

「それ、もう忘れませんか。終わったことですし、未練もないですよね？」

「うん。っていうか最近になって気がついたんだけど、大宮の時もその前の時も結局はおれのせいで駄目になった、みたいな罪悪感を引き摺ってたみたいなんだよね。けど、学祭の時のアレで実はどっちもどっちだったんじゃないかって思ったらどうでもよくなった」

「センパイに、どんな問題があったと？」

「夏目が教えてくれたんじゃん。おれ、滅私奉公する上に押されると流されるたちでさ」

「ああ、なるほど」

小さく頷く夏目の、横髪を引いていた指の背が雅巳のこめかみを掠める。そのまま頬に落ちたかと思うと、輪廓《りんかく》を辿るように顎の付け根を撫でていく。

「だから、今度はちゃんと言うよ。我が儘放題するって意味じゃなくて、自分の意思はちゃんと伝えて折り合いをつける。――だよね？」

「ですね。まあ、たまには喧嘩もあるかと思いますが」

「え、夏目と？」

「他人同士ですからね。基本的に、言わなければわからないと僕は思っています」

小さな笑みとともに顎のラインを辿られた。むず痒《がゆ》いような感覚に首を縮めたのに気づいたはずなのに、今度は喉元を擽《くすぐ》られる。

さすがに人前では控えるものの、ふたりきりになった時の夏目は頻繁に雅巳に触れてくるようになった。律儀に許可を申し出るくせ、やることは髪を撫で指を絡め手を握り、肩を撫でたりそっと抱きしめたりといった、中高生のおつきあいみたいで可愛い。

けれどその触れ方が雅巳は大好きだ。心地いいし、安心できる。そのせいで、まさに今のように自分から夏目にくっつきに行ってしまう。

「センパイって猫みたいですよねえ」

「好きに言っていいよ。おれは夏目の手が好きなだけ、で――」

寄ってきた気配に、語尾ごと呼吸を奪われた。雅巳の反応を確かめるように二度、三度と離れてはまた重なって、四度目になってようやく歯列を割った舌先に深く奥を搦《から》め捕られる。

「……っ、ン――」

夏目のキスは慎重で、ひどく優しい。逐一こちらの反応を見て、少しずつ距離を詰めていく。それこそ、人慣れしない野良猫を手懐《てなず》けるみたいに。

「っふ、――ン、ぁ……ぅ、ん」

伸ばした腕で夏目の首にしがみつく。湿った髪が肌に冷たくて、けれどそれを不快だとは感じなかった。ただ、風邪を引かないかなという心配だけがちらりと脳裏を掠めていく。

背中に続いて後ろ頭に触れた柔らかいものが布団で、つまり転がされたのだと気がついた。それと認識したのも一瞬で、雅巳はさらに深くなったキスに意識を囚《とら》われてしまう。

「――……どうしても無理なら、そう言ってください。絶対に、我慢はしないで」

リップ音とともに終わったキスの後、ついでのように鼻の頭を啄《ついば》まれて囁かれる。額を撫でる指の体温と近すぎる距離から見下ろす視線に、今さらに心臓が走り出すのがわかった。

無意識に息を呑み、ぎゅっと目を閉じる。そのタイミングで、こつんと額に何かがぶつかってきた。反射的に見開いた視界の中、ピントが合わない距離から夏目の低い声を聞く。

「その、――センパイの名前を呼んでも、構いませんか……？」

「いいよ、夏目だったら大歓迎。で、えと、夏目の名前って」

言いかけて、それもリサーチしていなかった自分に呆れた。寸前までのどぎまぎからずーんと落ち込んだ雅巳に気づいてか、雅巳の額に額をぶつけたままの夏目が口の端で笑う。

たったそれだけで落ち込みから浮上できるあたり、自分も相当お手軽だ。感心しながら、いつの間にか雅巳は伸ばした指で夏目の頬に触れている。

「広樹《ひろき》です。広い大樹、と書きます」

「そ、うなんだ。すごい、らしいかも」

「らしい、ですか。——どこがです？」

「好奇心旺盛であっちこっちに興味があって、それをとことん突き詰めていくとこ？　でっかい樹がさ、空に向かって枝を伸ばしていく、みた——」

言いながら、夏目の眦からこめかみへ、頰へと指を滑らせる。何だか楽しくなってきて、とっておきの気分で最後に唇に触れてみた。ふに、と柔らかい感触がキスの時とは違うようで、雅巳はつい首を傾げてしまう。その直後、急に指を摑まれた。

「センパ、……雅巳、さん。その、あんまり煽らないでいただけると——」

「え、煽るも何もおれ全然色気がなくてその気にもなれないって、さんざん」

言いかけた唇を、夏目の指で押さえられた。近い距離で、囁くように言われる。

「過去のことはもうナシって言いましたよね。まあ、最初に思い出させたのは僕なんですが」

「へ？　いや夏目のせいじゃな、」

言いかけた唇に、今度は嚙みつくようなキスをされる。不意打ちのそれにびくんと跳ねた腰をきつく抱かれたかと思うと、舌先を深く搦め捕られた。なぞるように嘗《な》められるのはともかくやんわりとでも歯を立てられたのは初めてで、知らずびくんと背すじが跳ねる。

「……っな、つめっ」

「広樹、です」

「ぅン、——ひろ、……っ」

名前で呼べとばかりに促しておいて、いきなり耳朶《みみたぶ》に食らいつくとか卑怯《ひきょう》だ。という文句は、ちゃんと言葉にはなってくれなかった。

勝手にびくびく震える腰は相変わらずしっかり抱き込まれたまま、首すじから耳の辺りを執拗《しつよう》なキスになぞられる。アイスクリームでも嘗めるようなやり方に、首の後ろから背骨のあたりにぞくぞくした感覚が走った。無意識に逃げようとした首は夏目の手にがっしり固定されていて、それでも動こうとしたら今度は軽く歯を立てられる。

「何で逃げるんですか。ここ、厭ですか?」

「う、ゃ……っン、ま、ってそこ、……っ」

耳朶を齧っていた唇が動いて、顎の付け根に吸い付きかすかな痛みを起こす。滑り落ちていった舌先に顎の薄い肌を撫でられ、吸い付かれて肩が揺れる。時折動いては止まるキスは直接神経を弄られたみたいな感覚を呼んで、疼《うず》きのように後を引く。

慣れない刺激に勝手に身体が跳ねて、そんな自分に戸惑いが生まれる。何だか変なことになっている気がして落ち着かなくて、けれどどうしても「厭だ」とは言いたくなかった。

「平気、ですか?」

「……ぅ、いき、じゃな……——ん、でも、だい、じょぶ、だか——」

鼻先を寄せた夏目の声に、どうしてか急に泣きたくなった。それでも自分の意思だけは伝えたくて、雅巳は何度も首を横に振り、舌足らずに「だいじょうぶ」と繰り返す。

夏目の眦が、ほんの少し下がる。最近よく見る表情に、雅巳の頬までつられて緩んだ。再び寄ってきた鼻先は擦り寄ったついでに唇を啄んで、こつんと額を合わせられる。

「好き、ですよ」

「ぅ、ん……おれ、も、だい、すき――ン、ぅ、……」

戻ってきたキスに、声も呼吸も奪われる。角度を変えて何度も深く探られて、いつの間にか夏目の髪に指を絡めていた。そこからは、もう声どころか言葉も思考も途切れてうまく繋がらなくなっている。

続くキスとは別に、長い指にそこかしこを探られる。いきなり胸の尖りを摘《つ》まれて初めて、着ていたはずのシャツが大きくまくられていたのを知った。そこを弄られるのは久しぶりで、けれど今ほど執拗にそうされるのは初めてで――以前はほとんど何も感じなかったはずのその場所に、何かがじわりと浮いてくるのがわかる。

「ふ、……ん、ん?――」

うずうずするような感覚に、知らず小さく肩が跳ねる。何が、と思い顎を引いて目を向けたタイミングで夏目が動いて、女の子とは違う平たいそこにキスされるのを見てしまった。え、と思った直後にやんわりと吸われて、今度は勝手に腰が跳ねる。

「え。ちょ、何、……っ？」

反射的に動いた手で夏目の肩を押してしまい、すぐさまその手を摑まれる。あれと思う間に互いの指を絡めるようにされて、いわゆる恋人繋ぎ状態の方に気を持っていかれた。ぎゅっと握る手のひらの体温に妙に安堵して、ほぼ同時に胸元にちりとした痛みが走る。

「……っひ、ン、ちょ、え、何っ――待って待って、おれ男だし、そんなとこ」

「厭ですか」

やっと発した制止に、冷静な声が返る。言葉に詰まって、雅巳は素直に首を横に振った。

「や、とかじゃな、くて、だって」

「それなら気にしないでください。僕が勝手にやっていることです」

「まっ、な、つめ……っ」

「広樹、です」

今の今までキスされていた箇所を、今度は指で探られる。代わりのように逆側の尖りに吸い付かれて、知らない感覚に混乱した。最初は滲むだけだったそれがいつか肌の奥であからさまな熱を帯びてしまい、嚙みきれない声となって溢れていく。

自分の声の、露骨な響きに顔が熱くなった。けれどそれも最初だけで、じきに思考は渦巻く熱に覆われていく。着ていたシャツはいつの間にか首から抜けてしまい、借り物の短パンも左足に引っかかっているだけで、けれどそれがうまく飲み込めない。

「ぁ、ぅ……ん、ン、ひ、っ、ぅ――」

見上げた天井が滲むのは、涙目になっているせいだ。あり得ない色を帯びた声を上げる喉はかすかに痛くて、なのにどうしても止められない。布団の上に転がったまま、両手もすでに自由なのに、縫い止められたみたいに動けない。

揺らいで滲む思考が集まって、やっと形になるのは「どうして」という一言だ。何で、どうしてこうなっている。そんなはずはない、だって今までこんなことは誰も――大宮もその前の彼だってしなかった。

「ひろ、……ひろき、や、待っ、だ、めえ……っ」

下半身が、とんでもない熱を帯びている。馴染みがあるはずの感覚が、今は全然知らないものみたいだ。大きく膨らんでなお空気を送り込み続けて、弾ける寸前の風船みたいで――なのに、どこにも逃げ場がない。

「う、そ、……や、だめ、だって、ばっ――」

こぼれる声はもう、悲鳴と同じだ。送り込まれる刺激は強すぎて、何が起きているかを見ることもできない。もとい、一度見たきり見る勇気がない。だってそんなのあり得ない。思う端から、けれど視覚以外の感覚で先ほどの光景が嘘ではないと繰り返し思い知らされる。

……そういう行為があることは、知っている。というより、前の恋人や、大宮に言われてやったことがある。けれど雅巳自身はされたことがない。そういうものだと前のふたりは言っていたし、だったらそうなんだろうとしか思っていなかった。

なのに今、身体の中で一番熱を含んだあの場所を、夏目が唇に含んでいる。あまりの刺激に動く腰を優しいのに容赦のない力で引き戻されて、あの訴えるような顔で「厭ですか？」と言われた。頷きたかったのに、逃げたかったのにどうしてもそれができなくて――実際に「厭だ」とは思えず首を横に振るしかなくて、だからどこにも逃げ場がない。

「そ、なにし、なくても、いっ、から……ぁ」

「言ったでしょう、怪我させる気はないって。雅巳さん、ちょっと力抜いてください。ね？」

やっとのことで絞った声に、返った声は明快だ。

ひく、と喉が震えたタイミングで、腰の奥を撫でられる。たぶん夏目の指だろう体温がなぞった箇所は以前にも暴かれたことがあって、だからかえって安堵した。

ここから「前と同じ」展開になると思ったのだ。いつの間にか枕元にあったあのボトルの中身で馴染ませて、そこからはしばらく痛いし苦しいけれど、それは少しは慣れている。

だって、前の時はここまで弄られたりしなかった。気持ちよさより苦痛が強いのには辟易したけれど、少なくもそれなら今みたいにみっともない顔を見せなくてすむし、思考が壊れる怖さもない。それに大宮も、その前の相手だって「男同士はそんなもの」だと言っていた。

それなのに。

「……ひ、ゃ……う、そっ――ひろ、きっ……」

予想通り少し冷たい何かを、夏目の指が塗りつける。指で弄られる感覚に、慣れているはずが肌の方が過剰に反応した。勝手に揺れる腰を強い力で固定されて、逃げ場のないまま執拗に探られる。

もういいから、と何度か言ったと思う。十分だからと泣きが入りそうになって、そのたび唇や頬、眦にキスをされた。もう無理ですかと何度言われても首を横に振るしかできなくて、そのせいか頭にばかり血が上っていく。

「もう少し、ですから」

宥めるような夏目の声が少し遠く聞こえて、天井を見上げたままで瞬いた。ほぼ同時に先ほどまでの、何だか形まで覚えた気がする指とは違う何かに腰の奥をなぞられて、一瞬思考が停止する。――ゆるやかに、ねっとりとその場所を撫でたかと思えば、ゆるりと形を変えて奥へと割り入ろうする、それは。

「――っ、ぃ……」

まさかの予感に辛うじて頭をもたげて、予想通りの――ありえない光景を目《ま》の当たりにした。つまり、腰の奥のその場所に夏目が顔を寄せて、唇と舌先、を。

「え、あの、まさみ、さ……っ？」

認識した、そのとたんに涙腺が決壊した。いきなり手放しで泣き出した雅巳に驚いたのだろう、上になった夏目が動く。顔を寄せ雅巳の頬を手でくるみ、困惑しきった声で言う。

「す、みませ——あの、そこまで厭、なら」

「や、じゃな、けどっ、そ、れほん、とはおれが、す——のに、……っ」

力の入らない指で、まだ着たままだった夏目のシャツを摑んで引っ張った。とたんに夏目は「あれ」という顔をして、首を傾げて覗き込んで言う。

「あの、じゃあ厭じゃない、んですよね？」

「ちが、厭、じゃないけど、でもそれ、おれが」

「それなら諦めてください。僕には僕のやり方があるので」

いつも通りのさらりとした口調で言われて、一瞬涙が引っ込んだ。そんな雅巳の頰にキスをして、夏目は言い聞かせるように言う。

「言ったでしょう。予習してきたんです。厭でないなら任せてもらっていいですよね？」

「……う、」

そういう言い方は、狡《ずる》い。思ったのが顔に出ていたのか、夏目は雅巳を見て面白そうに笑った。——そして性懲りもないとは思うが、雅巳が夏目のお願いにも、この顔にも弱いことはこの六日間でバレている。

「楽にして、厭な時だけはっきりそう言ってください。その時は必ずやめますから。ね？」

「うー……」

その武器を、この場面で使うのはアリなのか。浮かんだ抗議は、けれどまたしても同じ刺激を与えられて呆気《あっけ》なく思考から消えた。大宮たちが相手の時はただ堪えて緩めるだけだった箇所をさらに執拗に刺激されて、知っていたはずの苦痛が別の色を帯びる。肌の底で生まれた熱がうねり集まって逃げ場を探し、さらに温度を上げていく。未知の熱と悦楽は苦痛に似て、どうしようもなく視界が滲んでいく。

恥ずかしくて信じられなくて、申し訳なくて。なのに厭じゃなくて、逃げたいのに逃げたくない。あり得ないと思うのに嬉しくて幸せで、そんな自分が信じられない。感情までもがぐるぐると入り交じっていって、気がついた時はただ熱に浮かされるだけになっている。

「ひろ、き、……?」

ふと目の前に落ちた影に、何度も瞬いて視界を戻す。どれだけ泣いたのか、眦が引きつったように痛い。その箇所を、優しい指にそっと拭われた。

「平気、ですか。その、……無理なら、もう」

「無理、に決まって、んじゃん……は、やく、」

うまく言葉にならなくて、必死で両手を伸ばしていた。意味を測りかねたのか、微妙な顔で瞬く夏目の頭を抱き込んで、耳元で二音だけの言葉を告げる。

「雅巳、さ――」

擦れた声で名前を呼ばれ、その語尾を吹き込むように呼吸を塞がれた。力の抜けた指でまだ着たままの夏目のシャツを引っ張って、「これ脱いで」と訴える。

「これ、邪魔、だから。ちゃんと、くっついて、しよ……？」

黙って頷く夏目の首から、どうにかシャツを引っこ抜く。それだけでほっとして、もう一度伸ばした腕で抱きついた。

痺れた指には力が入らなくて、けれど夏目がくっついてくれることに安堵する。と、耳朶にキスされてびくんと跳ねた肩口で、気遣うように名を呼ばれた。

「絶対に、無理と我慢はしないで、くださいね？」

「う、……でもちょっとは我慢し、ないと。どうしても無理な時は言う、から」

「約束を」

「わかった。約束、する」

囁いたタイミングで動いた夏目に、舌先が搦むキスをされた。食い入るように深くまさぐられて、息苦しさに喉が鳴って、それすら嬉しいと思ってしまう。――そのタイミングで、身体の奥に覚えのある圧迫感が来た。

「……ン、ひろ……っ」

それ以上は悲鳴になりそうで、反射的に奥歯を噛む。しがみついた指が夏目の肩に食い込んでいるのが、見なくてもわかった。

耳の奥で、湿った音がする。口の中で蠢《うごめ》く体温に翻弄されて、気が逸れた隙に奥へと進まれた。何度目かでそれと気がついて、瞬いた先で視線がぶつかる。

こめかみのあたりにあった指で、眦を撫でられる。その動きと気遣う視線に、唐突に――本当にいきなり「好きだ」と思った。

強い圧迫感に、呼吸がせり上がる。それが伝わったのか、夏目が止まる気配がした。その配慮が嬉しくて、けれどもっとくっつきたくて――もっと奥で感じたくて、雅巳は夏目の背中を摑む指に力を込める。ほんのわずかなキスの合間、辛うじて三音の言葉を告げた。

「だい、じょぶ、だか……」

続けてそう口にして、うまく回らない口の端を少しだけ上げてみる。

「雅巳、さん」

「う、ん。すき、だから、へいき、――」

お互いの肌が、溶け合っているみたいだった。どこからどこまでが夏目で雅巳なのか、考えないとわからない。考えてわかったはずが、もしかして違うかもと思えてくる。そんな中、間近の夏目がいつもと違う顔をしているのに気がついて、それればかりを見つめていた。

「ひろ、……っ」

言いたいことが言葉にならなくて、ただ名前を呼んでみる。返事の代わりに眦に落ちたキスがこめかみから頰を伝って、最後に唇を塞がれた。深く繫がったままで揺らされる感覚はやっぱり「過去」とは全然違っていて、それが怖いのに泣きたいくらい嬉しいと思う。

耳元に顔を埋《うず》めた夏目に、低く擦れた声で名を呼ばれる。その響きに、耳だけでなく肌ま

けれどそれすらするりと落ちていく。シーツに落ちたその感覚がひどく寂しくて、なのに気づいた夏目がちゃんと拾って指を絡めて握ってくれて、それだけで泣きたいような気持ちになった。目の前がちかちかして、身体のどこにも力が入らなくて、内側に籠もった熱がいっぱいいっぱいになって、たぶんそこで限界を超えたんだと思う。

どうやら、数秒意識が飛んでいたらしい。ふっと我に返った時には目の前に必死な顔の夏目がいて、繰り返し名前を呼ばれ、頬を軽く叩かれていた。

「ひろき……？」

やっとのことで絞った声は、妙に擦れて力がない。なのに夏目は安堵したように「何か飲みますか」と訊いてきた。のろりと頷くといったん傍を離れ、ほんの十秒ほどで戻ってくる。やたら慎重な仕草で半身を起こされ、口元にコップをあてがわれて「何この重病人扱い」と思った。それが口に出ていたらしく、唐突にぎゅっと抱き込まれる。その腕が小さく震えているのを知って、雅巳は間近の顔を見上げてみた。

「いきなり、気絶した、ので。——もしかして無理させたのかと」

怯《おび》えたような顔で言われて、瞠目した。数秒考えて、雅巳は「ええと」と声を絞る。

「ごめ、……あの、へいき、だと思う、よ？　その、ちょっととんだだけ、で」

「とんだ……？」

「うん、その何ていうか。おれも初めて、だけどええと、その……きもちよすぎるととぶ、ことがある、とか……?」

大宮に聞いたことが、と言いそうになって辛うじて自制した。確か付き合い始めて間もない頃に「一度やってみたい」とか言われて、延々と挑まれたあげくそれらしいことが一度も起きなかった、ことが――。

思い返している間に、ひどい羞恥プレイに遭っている気がしてきた。

ずんずんと熱くなってくる顔を背けたいが、見下ろす夏目の顔は真剣そのものだ。そしてたぶんこの場合、視線を逸らしたら絶対に追及されてもっと恥ずかしい目に遭う、気がする。

……いや待て、そもそも自己申告恋愛初心者にしては、夏目はやけに慣れてなかったか。一応経験者のはずの雅巳が翻弄されていた。ほんの少し触れられただけであぁも反応するとか初めてだし、そもそも夏目の触れ方そのものが確信に満ちて迷いがなかった、ような。

「夏目、……予習ってどうやった……?」

ぽろりとこぼれた問いは、浮かんだ疑惑そのものだ。それに気づいてか、夏目が少し怪訝そうに首を傾げる。

「主には書籍とDVDですね。いわゆるハウツー本から人体構造系まで含んで手に取れる範囲のものは一通り、DVDも同系列のものを可能な範囲で。他にその、……それだけでは足りないかと思いましたので、レンタル屋で」

「え、十八禁コーナーとかそのへん？」

微妙に言い淀んだのへ言ってみたら、少々気まずそうに頷かれた。

「その、……やり方次第では大怪我をすることもあると、とある本に書いてあったので」

「そ、……うなんだ、ええと、でも何かすごいピンポイントで触ってきてた、よね……？」

「ピンポイント」

「だから、その。何ていうか、おれが」

「ああ。性感帯ですか」

「せ、いかんたい……」

さらっと言われて、必死で言葉を探した自分が悲しくなってきた。そんな雅巳に首を傾げて、夏目は少し言い淀む。思い切ったように言った。

「それはその、ここ六日間でリサーチさせていただいたと言いますか。雅巳、さんてすごくわかりやすい、ので」

「……はい？」

「顔にも出ますけど、身体の方もすごく素直と言いますか。その、……毎日触れていたので、どこに触ると気持ちいいのか、くらいは」

「いや待ってそこまででいいからっ」

前半できょとんと聞き入っていたはずが、後半になって被弾した。泡を食って、雅巳は間近の夏目の口を手で塞ぐ。

つまり、ここ六日のスキンシップも事前リサーチだったということだ。妙に納得しつつ上目で睨んでいると、夏目が目元だけで笑うのが見て取れる。

「……っ、なつめっ」

何か企むような顔に身構えたら、とたんに手のひらを嘗められた。慌てて引いた手首を掴まれて、今度は近く覗き込まれる。

「実地練習でも疑いました？　あいにくですが、僕は雅巳さん以外に興味はありませんよ」

「う、……ごめん、でもしょしんしゃにしては、なれすぎっ」

「学習の甲斐があったようで何よりです」

くす、と笑った夏目が軽く額をぶつけてくる。少し顔を顰める程度のそれで許してくれたのだと知って、ほっとすると同時に申し訳ない気分になった。なので伸ばした手で夏目の顔を摑んで、雅巳は自分からキスをする。

「本当に、ごめん。もしかして、と思ったらすごいむかついた、だけで」

「ではそこはお互いさまで。——僕も、雅巳さんが前の人を思い出すだけでむかついていましたから」

「あ、……そっか。そこもごめん？」

重なって、話し込んでいたところからの豹変の理由は、つまりそれだったわけだ。そうなると、むしろ雅巳の方が罪は深い気がする。

「ええと、ごめん罰ゲームっていうか、何かおれにして欲しいとかある?」

「はい? 何で急に罰ゲームですか」

「だって前の人の話とか考えてみたら論外だし。おれにできることなら何でもする、よ?」

ずっと相談に乗ってもらっていたせいか何の気なしに口に出してしまったが、「恋人」にするにはタブーな話題だ。反省して言ってみたら、夏目は思案するように黙った。そのくせ物言いたげに、じっと雅巳を見つめてくる。

「罰ゲームは無用ですが、お願いはあります。その、……もう一回、は無理でしょうか」

「へ」

「無理なら無理で、我慢しないでそう言ってください。これだけは念押ししますが、センパイに負担を強いるつもりはないんです」

真顔で付け加えた夏目の、眦が語尾でへたったのを見た。ついでにさっきからそれとなく離れ気味になっていた夏目の下半身の、いわゆるその箇所が元気いっぱいになっているのも、わかってしまった。

白状すると、雅巳の方も似たようなものだ。そのくらい夏目にも見えているはずで、なのにここで雅巳に選択権をくれるのは——へたれだからではなく気遣ってくれているからだ。

……大宮たちとは、全然違う。そう思い、同時にどこかで納得した。

一年半ほどつきあった大宮との行為は最初の頃に数回だけで、そのせいもあってか雅巳の身体はなかなか慣れなかった。それを理由に「無理しない方がいい」と言い出して、いつのまにか雅巳の方が「する」だけに――一方的に奉仕するだけになっていた。

その前の相手の時は、もっと露骨でひどかった。初めての雅巳がダメージを受けていても「そのうち慣れる」と言っただけで、それでも馴染めずにいると表向きは「無理させるのは」と言いながら、裏では「つまらない」と吐き捨てた。片手に満たない数で行為が途絶えてからはキスすら稀になって、後はほぼ家政婦扱いされていたと今ならわかる。

結局のところ、彼らと雅巳の関係はどこかで大きく歪んでいたのだ。

大宮に悪気がなかったように、その前の相手も最初から家政婦扱いしていたわけじゃない。優しくされたのが嬉しくて、一緒に笑い合った時間だってちゃんとあった。なのに、それがどこかで形を変えてしまった。

鶏が先か、卵が先か。ふと浮かんだのは、そんな言葉だ。

「うまくできない」引け目から自分を蔑ろにした雅巳が伝える言葉を濁したように、彼らもきっとどこかで間違えた。小さな行き違いの積み重ねが大きな思い違いとなって、いつか取り返しのつかない違和感に育って、だからこそあんなにも互いの気持ちが遠くなった――。

「センパイ……雅巳、さん？」

「う、あ、ごめん。ええと、その厭じゃないっていうか見ての通りっていうか、」

だから言わなきゃ駄目なんだと、雅巳はそう思う。

自分の気持ちを。何を感じているかを。何を望んで、どう思っているのかを。

相手の気持ちをこちらが勝手に決めてしまうのではなく、自分の気持ちを自分で押しつぶすのでなく。ただまっすぐに、素直に伝える。

そうでないと、相手にはわからない。どんなに好きでも、どんなに嬉しくても。何が悲しくて、何が辛いかも。

「おれ、夏目……広樹がすきだし。おれも、もうちょっと、くっついていたい、から」

必死の思いでどうにか口にして、雅巳は腕を伸ばす。

ほっとしたように口角を上げた夏目が、自分から身を寄せてくる。そのことに安堵して、雅巳は見た目よりずっとしっかりした恋人の肩にしがみついた。


丸一日分の講義と、バイトまでサボった。

「それは違う」と夏目は言うが、客観的にはそういうことだ。

もちろん、夏目のせいではない。夏目との、初めての……の影響がなかったとは言わない、というよりダメージの殆《ほとん》どはそのせいに違いない。けれど、望んだのは雅巳も同じだ。というより、たぶん夏目以上に待ち構えていた自覚はある。

そういうわけで、体調だけでなく気力まで落ちたまま、夏目宅でふて寝となった。

帰るほどの根性がなかった上に、夏目にそれと提案したら泣きそうな顔をされた結果だ。

そこにやってきた来客は通常スルーが当然だけれど、相手が夏目との共通の友人で、しかも夏目からの伝言つきともなれば話は別なわけで。

「うわ、本当に寝込んでるんだ。大丈夫かな、食欲はある？」

「……野崎？　え、大学は？」

「今日は午前中だけ。で、さっき細川に会いに古本屋に行ってみたら、夏目が代理でさ。体調崩してるって聞いたからお見舞い」

「うわありがとう……って、オレンジ？」

受け取ったずっしり重い紙袋の中身を覗くと、鮮やかな色がごろごろしていた。

「喉の調子よくないんだって？」

「あ、うん。まあ、……もともとちょっと喉が弱いっていうか」

「鳴かされちゃったわけだ」

「うんその、いやそうじゃなくて野崎っ！」

「はいご馳走さまー。で、細川はお昼食べた？　まだだよね。ちょっとキッチン借りるよー」

言い様に、雅巳の横をすり抜けて中に入っていってしまった。猫かと疑うような仕草を啞然と見送って、雅巳は慌てて声を張る。

「ちょっと待って、ここおれんちじゃなくて夏目んちだから、キッチンとか勝手に使うのは」

「使っていいって夏目に言われたよ。むしろ細川にさせないでくれって」

「え、……えええええ……」

自分でもどうかと思うくらい、ショックだった。その正体がよくわからないまま、雅巳はじいっとキッチンに立つ友人を見つめる。

「野崎って、いつの間に夏目と仲良くなったんだ……？」

「仲良く？　は、なってないんじゃないかなー。もともと細川あってのつきあいっていうか、今回も細川が寝込んでなかったら絶対スルーされた自信あるし」

「キッチン使っていいとか絶対親しいじゃん……」

「それは細川の価値観。夏目にとっては細川の健康の方が、キッチン使わせる程度より重要度が高いってこと。あと俺だって、寝込んでるのが夏目くんだったら来ないよ」

「えー……」

それはそれでどことなく微妙なのだが。息を吐いたところで、急に野崎が話を変えた。

「そういえば、江本くんから聞いたけど。大宮、あの先輩と決裂したらしいね」

「……リコ先輩？」

「それ。何だっけ、サークルの集まりの時に大喧嘩して、その場の勢いでどっちも退部して、その後は全然一緒にいるとこを見ないって」

そう言う野崎がローテーブルに運んできたのはレトルトの卵がゆと、冷蔵庫にあった夏目作の浅漬けだ。目の前にセットされたそれを雅巳がちびちび口に運ぶ横に座り込んで、持参のオレンジを剝《む》いていく。

「何でそれを野崎が……じゃないか、江本が知ってんの。ついでに何で野崎に話が行くわけ」

「一応騒ぎの当事者だから？　あとは、細川保護連盟の一員なんで」

「何だよその保護連盟って、おれが絶滅危惧種か何かみたいじゃん……って、何でそうなった？　てっきりあのままくっついたとばかり」

夏目と部長たちが来てくれたおかげで、騒ぎは内々で片付いたはずだ。リコ先輩たちには注意が飛んだだろうが、その程度でメゲるとも思えない。

夏目の占いについて騒いだ面々にも一言あったはずだが、そのへんには野崎も何も聞いていないらしい。妙に可愛く首を傾げたかと思うと、とても可愛くない推測を吐いてくれた。

「スパイスがない料理は美味しくないって言うよね」

「……その場合のスパイスって、おれだよね？」

「さあ、どうだろ。でも時々いるよね。障害？　がないと燃えないとか言って、相手持ちにばっかりコナかける傍迷惑な人種」

にっこり笑って、野崎は剝きたてのオレンジを皿に盛る。げんなりした雅巳がどうにか食べ終えたおかゆと浅漬けの皿をシンクに下げに行き、ついでとばかりに洗ってくれた。

「まあ、いいけどさ。もうおれには関係ないし」

唯一残していた大宮のメールアドレスは、学祭二日目の夜に着信拒否済みだ。ごく一部だけ重なる講義では必ず江本が隣にいるし、雅巳も近寄らないよう徹底している。

何より、大宮本人が近づいてこなくなった。たまに視線を感じるものの、そこは無視すればいいだけだ。当然ながら今さら「友人として」などという気持ちはいっさいない。

再認識してオレンジを齧ったところで、玄関ドアが開く音がした。ワンルームだけあって一目でわかるドアの傍、入ってきた夏目が雅巳を見て目元を緩ませるのがわかる。

「ただいま帰りまし――……まだ、いたんですか」

「あ、お帰り。バイトの代理まで頼んでごめん。あとありがとう、疲れたろ」

「おっかえりー。そんな邪険にする？　俺、頼まれて来たはずなんだけど」

雅巳の次に野崎を認めた夏目の声が、後半で露骨にトーンダウンする。それが微妙に可笑《おか》しくて、けれど顔や声に出さないようぐっと堪えてお礼を言った。そこを追い掛けるように、野崎が何だか挑戦的な声を出す。

「ちょ、野崎。夏目は疲れてるんだって」

「はいはい、邪魔者はもう帰るよ。細川はちゃんとそのオレンジ食べてね。じゃあまた」

「え、野崎、ちが」

気になって窘《たしな》めたら、少し反発するように言われた。あげく、野崎はとっとと帰っていってしまう。

ひどく、悪いことをした気分になった。慌ててSNSでお礼とお詫《わ》びを送ると、間を置かず「気にしない、またな」と返ってくる。ほっとしたところで、着替えをすませた夏目が近寄ってきた。

「気分はどうですか」

「ああ、うん、もう平気。明日はふつうに大学に行くよ。バイトも大丈夫。ええと、……今日は本当にありがとう。すごい助かった」

「いえ。ああそうだ、江本さんが講義のノートは後日渡すと言ってました」

「そっか。じゃあ江本にもお礼言っておかないと」

ありがたさを噛みしめていると、布団の端に腰を下ろした夏目がぽそりと言った。

「――センパイ、野崎さんとずいぶん気安いですよね」

「え、そう？　そりゃまあ、友達、だし……？　ええと、もしかして野崎と何かあった？　っていうか、本当は仲良くなかったり、する？」

そういえば、野崎の言い分も微妙だった。そろりと窺ってみると、夏目は軽く肩を竦めた。

「あの人、結構いい性格してますよね」

「そう、かな。ちょっと強引だけどにこやかだし、人懐こくていいと思うけど」

夏目の言い分と野崎のイメージの齟齬《そご》に、つい首を傾げていた。そんな雅巳をじっと見つめて、夏目はわずかに苦笑する。

「……センパイにとってはそうなんですよね」

「ちょ、その言い方気になるんだけどっ」

「まあ、人間にはいろんな面がありますし。この場合、野崎さんがそう見せたいのならセンパイ――雅巳サン、はそのままでいいのではないかと」

玉虫色の返事をする夏目は、追及しても無駄という顔だ。なので早々に諦めて、雅巳は別のところに突っ込んでみる。

「名前言いづらかったら無理しなくていいよ。どのみち人前だと今まで通りなんだし」

「僕なりのけじめですので。正直、まだむかついていますし」

「えー……でももう接点なくなったしさ。さっき野崎が江本から聞いたって言ってたけど、リコ先輩とも破局して揃ってサークルも辞めたらしいよ」

夏目が言う「むかつく」は、学祭での騒動の際に執拗に雅巳を名前呼びしていた大宮に対するもの、なのだそうだ。許せないから対抗するということらしいが、現状でもそれをやろうとするあたり、雅巳には謎でしかない。

「……センパイ。僕が、それだけでムキになっていると思いますか」

「割と思ってる。けど、それとは別に焦らなくていいのになーとも思う」

雅巳だって、お互い名前で呼びたい気持ちがないではない。とはいえ現時点でフルオープンする気はないし、恋人になったからと一足飛びに考えるつもりもない。

「焦らなくていい、ですか」

ふっと夏目が表情を移す。さっきまでの少々の拗ねを帯びたものではなく、真正面から雅巳の言い分を聞く時の顔だ。真剣勝負で向き合ってくれる、大好きな顔でもある。

「だって、おれと夏目って始まったばっかりだよ？　これから一緒に時間を積み重ねることで共通の思い出や、一緒にいるペースを作っていくんじゃん。だったら今は今でいいと思うんだ。むしろ、そうじゃないと勿体《もったい》ないかなって」

「もったいない、……？」

「お互い慣れないのも、照れがあってやりづらかったりするのも今だけの醍醐味じゃん。どうせいつか慣れるのに、今から慣れたフリすることもことないし」

「……――」

じ、と雅巳の言い分を聞いていた夏目が、何かを確かめるように小さく頷く。ほんの少しだけ眦を下げ、口角を上げて、さっきとは別の大好きな顔で言った。

「確かに。そうかもしれませんね」

「だろ？　だからさ、もう関係ないヤツへの対抗とかとっとと捨てて」

「無理です。顔を見なくても、名前を聞かなくても思い出すだけでむかつきます」

「えー……」

さすがに呆れてじっと見返したら、夏目がふと顔を寄せてきた。え、と思う間に唇を齧られて、雅巳はつい赤面する。

だから、どうしてそう順応が早いのか。今の仕草は明らかに、大宮より慣れているように しか見えないのだが。

「すみません。こればかりは僕にもどうしようもないようなので」

「……夏目、さあ」

もしかして、一歩間違えたらとんでもないタラシになったりしないか。一瞬覚えてしまった危惧は、けれど苦笑した夏目の顔を見るなり日向に置いたアイスクリームみたいに溶けた。

一向に反省しません、思い直しません、という宣言そのものの顔だったからだ。つまりこの件に於《お》いて、夏目は絶対に譲らない。もとい、譲ろうと考える余地すら残す気がない。

意外と、かなり、相当に。雅巳の新しい恋人は、雅巳に関しては心が狭い。

今の今まで知らなかったことを、雅巳は多大な気恥ずかしさとともに改めて思い知った。

あとがき

おつきあいくださり、ありがとうございます。人生、何が起きるか本気でわからないよなあ、と最近になってつくづく実感している椎崎夕です。

今回は、久しぶりな気がする学生同士です。そして「割とよくある」気がするのですが、少々癖のある人がお相手になりました。このお相手さん、原稿が進むにつれ予想外の方向に動いたり、プロット段階ではまったく予定のなかった設定を突っ込んできたりと、これまた「書いていてもよくわからない」人となりました。……最終的には例の如く主人公ともども無事に「割れ鍋に綴じ蓋」で終わったということで。

ちなみに某神隠しについては昔から個人的に興味がありまして、柳田国男や松谷みよ子を喜んで読みあさっていたのを妙に懐かしく思い出しました。また読みたくなってきたので、近々図書館に行って借りてみようかな、と考え中です。古い本なので、どの程度書架に残っているかは行ってみないとわかりませんが。

まずは、挿絵をくださったさがのひをさまに。心していたはずがやっぱり人物描写が薄くなってしまい、本当にすみません。丁寧な挿絵をありがとうございます。いただいた主人公×2のイメージラフがそのままますぎて、拝見した瞬間笑ってしまいました……。個人的には口絵の雰囲気がとても好きです。心より感謝申し上げます。

そして、毎度ながらご面倒ばかりおかけしてしまった担当さまにも、お詫びと感謝を。毎回本当にすみません。今後ともよろしくお願いいたします。

末尾になりましたが、ここまでおつきあいくださった方々に。

ありがとうございました。少しでも楽しんでいただければ嬉しく思います。

椎崎夕

✦初出　だから好きと言わせて……………書き下ろし

椎崎 夕先生、さがのひを先生へのお便り、本作品に関するご意見、ご感想などは
〒151-0051 東京都渋谷区千駄ヶ谷 4-9-7
幻冬舎コミックス　ルチル文庫「だから好きと言わせて」係まで。

幻冬舎ルチル文庫

だから好きと言わせて

2021年8月20日　第1刷発行

✦著者　椎崎 夕　しいざき ゆう

✦発行人　石原正康

✦発行元　株式会社 幻冬舎コミックス
〒151-0051 東京都渋谷区千駄ヶ谷 4-9-7
電話 03(5411)6431[編集]

✦発売元　株式会社 幻冬舎
〒151-0051 東京都渋谷区千駄ヶ谷 4-9-7
電話 03(5411)6222[営業]
振替 00120-8-767643

✦印刷・製本所　中央精版印刷株式会社

✦検印廃止

ISBN978-4-344-84921-1　C0193　Printed in Japan